第 1 章

虚无也是一种状态，

这一点我早就懂了。

因此也就不值得去做什么事。

这是我才领悟到的。

第2章

皮埃尔安东离开了学校。就是在他发现无所事事也是有意义的，因此也就没什么事情值得去做的那一天。

我们其他人都一如既往地上课。

不过呢，虽然老师们想尽快把关于他的一切都抹掉，不管是在班级里的还是在我们脑海里的，但皮埃尔安东的某些东西还是在我们心里留下了印记，可能也因此才有了后来发生的种种。

那是八月份的第二周。炎炎烈日把我们一个个烤得疲乏又易怒，鞋底时不时会黏在柏油马路上，苹果和梨子熟得正好可以握在手里当手榴弹。我们目不斜视。这是暑假后开学的第一天。教室里还满是清洁剂的味道以及长时间空置的霉味，玻璃窗干净到人影清晰可见，黑板上没有丁点的粉笔灰。课桌两张一排整齐到像是在医院的走廊一样，当然这种情况一年里也就只有这么一天。

7A 班。

我们一言不发地坐到各自的位置上去，对这事先排好的座次不置可否。

过段时间自然会有新的次序产生，不过不是今天！

艾斯古用那亘古不变的笑话向我们表示了欢迎。“孩子们，今天你们应该特别开心才对，”他说，“没有学期就没有假期嘛。”

我们都笑了。不是因为我们觉得这句话好笑，而是因为这句话是从他嘴里说出来的。

就在那一刻皮埃尔安东站了起来。

“虚无也是有意义的，”他说，“这一点我早就懂了。所以也就没有什么事值得去做，这是我刚刚才领悟到的。”他默默地鞠了一个躬，把他才拿出来的东西又都收进书包里。然后一脸无所谓地朝我们点点头作为道别，之后就走出了教室，连门都没有带上。

那扇门在微笑，那是我第一次见到它这副样子。那扇虚掩着的门在我眼里变成了一张不怀好意咧着的大嘴，一副要是我受到皮埃尔安东的蛊惑，跟着他出去，就会把我吞掉的样子。它是在向谁微笑呀？我，我们所有人。我朝四周看看，那份让人难受的死寂告诉我，其他人也同样感受到了这一点。

我们应该要有所作为。

有所作为意味着我们会成为某些人物，但是没有人会大声这么说，小声也不会。它就是那样弥漫在空气中，或者说在时间里，或者说在学校周遭的栅栏里，或者说在我们的枕头里，在那些毛茸茸的玩偶里，而那些小家伙们最后大都悲惨地沦落到储藏室或者地下室里，在那儿积灰。这些我之前都不知道。那是皮埃尔安东那扇微笑的门讲给我听的。我试图用理性思考还是不得其解，不过我还是知道。

我感到害怕。害怕皮埃尔安东。

害怕，更多的害怕，最多的害怕。

我们住在一个叫泰艾瑞的小地方，隶属于一个中等省会城市的郊区。这地方不能说特别高雅，但也算相当高雅。我们经常会有意无意被提醒应该注意这一点，虽然没有人会大声讲，也没有人会小声讲。整齐干净的围墙，嫩黄色的小房子，四周被花园围绕着的红色的私人住宅，新完工的灰棕色带前花园的连排房。当然还有公寓房，我们是不跟在那儿住的人玩的。除此之外也还有一些略旧的桁架结构建筑以及几处原来的农舍，这些农舍现在也已经归社区所有了。还有就是几幢白色的别墅，在那儿住的人就比我们还要再高雅那么一点。

泰艾瑞的小学位于两条马路交汇的一处拐角地。除了爱丽丝之外的所有同学都住在其中的一条马路上，就是泰艾瑞街。爱丽丝有时候特意绕到我们这边来跟我们一起上学，至少在皮埃尔安东退学之前是这样子的。

皮埃尔安东同他的父亲以及其他公社人员一起住在泰艾瑞街 25 号，那儿之前是一幢农家院。皮埃尔安东的父亲以及其他那些公社人员曾经是一群嬉皮士，到现在都还生活在上世纪六十年代，这是我们父母说的，虽然我们并不特别清楚那是什么意思，反正我们也都这么说。那幢房子的前院紧挨着马路，里面有一棵李子树。那棵树很壮，已经有些年岁了，弯弯曲曲的枝干已经越过了篱笆墙，枝头那些熟透了、略覆一层薄灰的维多利亚李子显得特别诱人。可惜我们摘不到。以前我们会蹦起来摘几个下来，现在不会了。皮埃尔安东退学后，就整天坐在那棵树上，拿那些还没熟的李子丢着玩，有些会丢到我们身上。绝对不是因为皮埃尔安东故意瞄准我们，根本不值得他去费那个力气，他强调说。就是巧合嘛。

然后他又从后面对我们喊。

“一切都是无所谓的，”他有一天喊道，“所有的事情都是因为有结束才会开始。在你们出生的那一刻，就已经迈向了死亡。世间一切莫不如此。”

“地球已经存在了四十六亿年，而你们最多也就活一百岁！”在另外一天他又这么喊道，“生活根本不值得去费力！”

他还在继续：

“一切都只不过是一场游戏，目的是要看起来像真的一样——然后还想成为最好的那一个。”

之前没有任何迹象表明皮埃尔安东是我们中间最聪明的那个，但突然我们就都知道了。因为他参透了某些东西。虽然我们都不敢去承认。既不敢在家长也不敢在老师或者其他人面前承认这件事，甚至不敢这样对自己讲。我们不想生活在皮埃尔安东描述的那个世界里。我们应该会有所作为，我们是要成为某些大人物的。

那扇朝外敞开的，微笑的门对我们没有任何诱惑力。

一点都没有。根本就没有！

所以我们才想到了那一点。虽然有些不确切，因为其实是皮埃尔安东让我们想到那个点子的。

那是某一天的上午，在苏菲连续被两个硬邦邦的李子击中脑袋之后，她是真对皮埃尔安东生气了，因为他就每天无所事事地坐在那棵李子树上给我们泼冷水。

“你整天就坐在那儿，对着空气发呆，难道会比我们好多少？”她喊道。

“我没有对着空气发呆。”皮埃尔安东很平静。

“我是仰望天空练习无所事事。”

“你见鬼了吧你！”苏菲怒气冲冲地喊着把一根小棍子朝他扔了过去，不过那根棍子仅仅穿进了他下面的篱笆墙里。

皮埃尔安东笑了，他喊得那么大声，以至于在学校里的人都能听到：

“如果有值得生气的事情，那肯定也有值得开心的事情。如果有值得开心的事情，那就也存在有意义的事情。可是这些根本就不存在！”他甚至又提了提嗓门，咆哮道，“没多少日子你们都会死掉，被遗忘，也就是虚无了啊。你们完全可以现在就开始练习啊。”

然后我们就明白了，我们得把皮埃尔安东从李子树上弄下来。

第3章

一棵李子树有很多枝干。

很多很长的枝干。

太多太长的枝干。

泰艾瑞小学很大，是一座长方形、水泥墙面的两层楼房，非常丑，不过几乎没人会有时间去考虑这些，而现在则更加不会去注意这些了，因为我们整天忙着不去在意皮埃尔安东的那些话。

就在这个周二的上午，在开学后的第八天，我们忽然感到，这所学校的丑陋就像皮埃尔安东手里满满一把酸李子准确无误地全都击中了我们。

我是跟简-约翰以及苏菲一起走进校门的。后面还跟着玛丽-乌苏拉和格尔达。当我们拐过墙角，看到那幢楼时，突然语塞了。那种感觉很难描述，但就像是皮埃尔安东在促使我们去观察那幢楼，就像是他在李子树上朝我们丢过来的种种关于虚无的言论，已经在路上超越了我们，先行到达了这儿。

感到这座学校那么灰暗、那么丑、那么呆板，这一点让我差点窒息。这所学校就像是我们生活的化身，虽然生活不应该是这副样子，可是它就是这样。我涌起一股强烈的冲动，要立马跑到泰艾瑞街25号，爬上那棵李子树，坐到皮埃尔安东旁边，抬头望天，直到我成为虚无的一部分，什么也不用想为止。但是我应该要有所作为，成为大人物的呀，所以我哪儿也没去，只是转过头望向别处，紧握住拳头，把指甲狠狠地掐进手心里，真的很疼。

那扇微笑的门。敞开。关上！

我不是唯一一个听到外面的召唤的。

"我们得做些什么。"简-约翰轻声说，免得走在我们前面隔壁班的那帮人听到。简-约翰会弹吉他，唱披头士的歌能以假乱真。

"就是。"玛丽-乌苏拉也附和道，我一直怀疑她对简-约翰有意思，格尔达咯咯地笑着朝旁边捣了一肘子，不过捣空了，因为玛丽-乌苏拉已经往前挪了一步。

"那做什么呢？"我悄声问了一句就立刻跑开了。因为隔壁班的几个人这时候已经靠了过来，那里面有几个捣蛋鬼，瞅准机会就拿口香糖和干豌豆往女生身上丢。看起来现在他们就打算这样干了。

简-约翰在数学课上传了一张纸条，约定我们班所有人放学后在下面的足球场上集合。亨里克除外，因为他是我们生物老师的儿子，我们不能冒这个险。

最初大家只是站在那里闲扯，装出我们根本就没有在想同一件事情的样子，这让我觉得时间好漫长。不过最终简-约翰还是挺直了腰板，带着一副近乎庄严的表情说："大家听好了。"

"不能再继续这样下去了。"他开始了他的讲话，简单陈述了一下我们大家都知道的那件事，也就是在皮埃尔安东整天坐在树上朝我们喊没有任何意义的事情之后，我们不能再继续假装认为意义是存在的。之后他又用开始的那句话结束了他的发言。

我们当时刚刚升入七年级，都觉得自己好时尚，对生活以及整个世界都了然于心，当然我们也早就知道大多数时候表象比事实重要得多。最最重要的当然是要有所作为，看起来像那么一回事。虽然到底是什么作为我们具体也不太清楚，但绝对不是坐在李子树上朝马路上丢李子。

皮埃尔安东不应该觉得他有能力教化我们。

“只要冬天到了，他自然就会下来的。”漂亮的罗莎说道。

这并不能解决问题。

因为首先明晃晃的大太阳还挂在天上，宣示距离冬天的到来还有好几个月。其次即使冬天到了，皮埃尔安东也没有理由不继续坐在李子树上啊，即便已经没有李子了。天冷的话，他穿得厚一点就可以了嘛。

“那你们就狠狠揍他一顿。”我看着那帮男生们说，因为主要工作自然得由他们完成咯，虽然我们女孩子也可以给他留下几道抓痕。

男孩子们面面相觑。

他们并不认为这是一个好主意。皮埃尔安东那身板又粗又壮，那只曾经断过一次的鼻子上满是雀斑。说到他的鼻子，那还是他在五年级的时候一头撞到一个城里九年级男孩子的头上弄断的呢。尽管如此皮埃尔安东还是赢了那场战斗，九年级的那个男孩子因脑震荡被送进了医院。

“打架斗殴是个坏点子。”简-约翰说，其他男生也点头附和，然后就不再提这件事了，虽然他们因此在我们女生心里的光辉形象有所受损。

“我们得向上帝祈祷！”虔诚的凯说，他的爸爸是内在使命团体的成员，好像还是高层，他妈妈肯定也是。

“住嘴！”欧乐使劲拧虔诚的凯的胳膊，虔诚的凯痛得根本没办法闭嘴，像屠宰场即将被杀的猪一样嗷嗷叫唤起来。我们其他人都劝欧乐松手，以免那杀猪的叫声惊动了楼管。

“我们也可以告他状。”小英格利特提议，她身材那么矮小以至于我们经常忽视了她的存在。不过现在我们都注意到了这一点，不约而同地问道：

“跟谁？”

“跟艾斯基德森。”小英格利特注意到了我们诧异的眼神。艾斯基德森是我们的班主任，每天都穿着那件黑色的冲锋衣，带着那块金色的手表，而且不管班级有任何纠纷，是大是小，他都一律置身事外。“那就跟校长。”她继续说。

“还跟校长。”欧乐气呼呼地说，而且要不是简-约翰及时插到他们之间，他早就扭到小英格利特的胳膊了。

“我们不能告状，既不能跟艾斯基德森，也不能跟校长或者是其他成年人。因为如果说我们告坐在李子树上的皮埃尔安东的状，我们就得讲为什么我们要告他状。那么我们就得讲他都在上边说了些什么。可是我们不能这么做，因为成年人不想听到我们知道其实没有什么事情有意义，其实一切都是假象。”简-约翰做了一个非常夸张的手势，我们想象着所有的专家、教育学家以及心理学家都赶过来研究我们，跟我们谈话并且试图说服我们，直到我们最终放弃这个观点，然后继续假装一切存在都是有意义的。简-约翰是有道理的，那是浪费时间，起不到任何作用。

有那么一小会儿没有人再发言。

我眯着眼睛望向太阳，然后看向那座没有网的足球门、后方的铅球场地、跳高垫以及百米跑道。一阵风吹过，操场周围的一圈白桦树哗哗作响。忽然感觉就像是在上体育课，像其他任何一个普通的日子一样，差点就忘记了为什么要皮埃尔安东从李子树上下来。“要我说的话，他尽可以一直坐在上面大喊，直到他自己受不了为止。”我想着，不过没有说出来。那个想法也只是在它冒出来的那一刻是真实的。

“我们朝他丢石头吧。”欧乐建议道，接着大家就七嘴八舌地讨论起来，我们应该从哪里捡石头，应该捡多大的石头，应该由谁丢。因为这个点子挺好的。

挺好。比较好。最好。

要不然我们也没其他主意。

第4章

一颗石子，两颗石子，很多石子。

它们都在虔诚的凯的送报车里。凯每周二下午都用这辆车去分发当地报纸，每月的第一个周三他还会骑着这辆车派发《教会月报》。那些石子是我们在河边捡的，因为那儿的石子又大又圆，现在那辆车沉得像一匹死马一样。

我们都会丢石子。

“每人两块。至少。”简-约翰指挥着。

欧乐则负责监督没有人能临时逃跑。就连亨里克那个胆小鬼也丢出了他手里的两颗石子，只不过偏得很厉害。麦珂和苏菲的就离那棵树近了些。

“你们不会害怕虚无吧？”皮埃尔安东朝下喊，看着玛丽-乌苏拉的石子是怎样凄惨地落在了他下面的树篱上。

“你之所以坐在上面，是因为你父亲被卡在六八年代！”高个儿汉斯喊着朝上丢了一颗石子。正好击中了一只李子，果肉绽裂开来。

我们大声叫好。

我也跟着叫，虽然我非常清楚，那两句都不是事实。皮埃尔安东的父亲和其他社员一起种植有机蔬菜，对异国的宗教很感兴趣，对神灵、不同于西方的治病方法以及其他人都很宽容。但这不是那句话不对的原因。那句话之所以不对，是因为皮埃尔安东的父亲一头短发干净利索，而且是在一家非常现代化的电脑公司上班，这无论是跟六八年代还是跟皮埃尔安东都没什么关系。

“我父亲没有卡在任何年代，我也没有！”皮埃尔安东一边扯着嗓子喊，一边拍拍袖子上的一点污泥，“我坐在虚无中。我宁愿坐在虚无中，也不愿意待在那些毫无意义的东西之间！”

那是一清早。

阳光从东边落在树枝间，也就是说正好直射进皮埃尔安东的眼睛里。他要是想看清我们的话，必须得用一只手遮住眼睛。我们则是背对着太阳围着那辆送报车，站在人行道的另外一边。皮埃尔安东很难把李子丢到这儿来。

我们对他的话不置可否。

轮到理查德了。他的一颗石子结结实实地撞到了树干上，另一颗则在树叶间呼啸着从皮埃尔安东的耳边擦过去。然后就是我。我扔东西一向不准，不过现在我很愤怒，决意一定要击中他。然而一颗石子落到了玛丽-乌苏拉那颗的旁边，另一颗则击中了皮埃尔安东坐着的那根树枝。

“喂，艾格尼丝，”皮埃尔安东对我喊，“承认没有什么东西是有意义的，对你而言就那么难吗？”

我又气呼呼地丢了一颗，这次我应该是击中了，因为先听到一声“啊”，然后树上就安静了。之后欧乐又丢了一颗，不过丢得太高太远了，皮埃尔安东又开始大喊。

“当你们活到八十岁时，你们是在睡梦中度过了三十年，用将近九年的时间来上学以及做家庭作业，将近十四年的时间在工作。因为你们现在已经用了将近六年的时间来当小孩，玩耍打闹，你们以后至少还得用十二年的时间来打扫卫生、煮饭以及照顾你们的孩子，所以你们最多也只有九年的时间去生活。”皮埃尔安东朝前方丢了一颗李子，它划了一道弧线之后，落到了路牙石上，“就这样你们还拼命装出一副好像在这场毫无意义的游戏中取胜的样子，而不是立刻去享受这九年的时光。”他又摘了一颗李子，舒舒服服地依到树杈上，好像在掂量手里的李子有多重。之后咬下一大口，笑了——维多利亚李子快要熟啦。

“这不是游戏！”欧乐喊道，握着拳头向他示威。

“就是，这不是游戏！”高个儿汉斯附和着丢了一颗石子过去。

“为什么所有的人都装出一副把其实一点都不重要的东西看得非常重要的样子，而同时他们又不可思议地努力把真正重要的东西当成一点都不重要的样子。”皮埃尔安东边笑边用一只袖子抹去了嘴角的李子汁，“我问自己，为什么考虑每天吃什么有那么重要，为什么还要对客人来访表示感谢，为什么还得说谢谢您，还得说您好，还得问最近忙什么，虽然我们都非常明白，我们很快就什么都不做了，只能坐在这里吃着李子，观察地球环绕太阳运行的轨迹，练习着使自己成为虚无的一部分。”

虔诚的凯手里的两块石子迅速飞了过去。

“如果虚无本身就是一种意义，那比起去做什么有意义的事情，什么都不做岂不更好。尤其是当这件事是丢石子的时候，因为某些人不敢爬到树上来。”

被他这么一说，大家也不管先前约定好的顺序了，开始七手八脚一起朝他丢石子。不一会儿就听到皮埃尔安东的一声大叫，然后他就从树上溜下去，篱笆墙后面先是“咚”的一声，然后又传来皮埃尔安东的一声惨叫。这样也好，因为我们的石子已经用光了，而且也已经不早了。为了上课不迟到，虔诚的凯得火速把送报车骑回家。

我们第二天在上学的路上经过那棵李子树时，那儿很安静。

欧乐第一个跨过了街道。高个儿汉斯也跟了过去，使劲一跳摘了两颗维多利亚李子下来，带着许多树叶以及一声高呼。上面还是静悄悄的，我们其他人就跟着欢呼起来。

我们赢啦！

胜利的滋味真美。胜利。胜利。

两天之后皮埃尔安东的额头上贴着创可贴，又出现在树上，大放厥词：

“即使你们学到了些东西，让你们觉得你们能够做些什么，也会一直有其他比你们做得更好的人出现。”

“住口，”我反驳说，“我将来肯定会有一番作为，我会在全世界都非常有名！”

“当然，艾格尼丝，”皮埃尔安东的声音很友好，几乎是怜悯的，“你肯定会成为服装设计师，踩着高跟鞋，显得聪明过人，而且你会说服其他人，只要穿着你设计的衣服，他们也会看上去高人一等。”他摇摇头：“但是你会发现，你就是在一个无关紧要的马戏团里的小丑，那儿每个人都努力装出一副今年追随这种穿衣风格，明年追随那种穿衣潮流是性命攸关的。而且你会发现，名誉和钱财都是身外之物，然而你的内心还是空虚的，不论你做什么，都改变不了这一点。”

我看看周围，没找到石子。

“哼，你给我闭嘴！”我大喊，但是皮埃尔安东没有这么做。

“为什么就不能立即承认，没有什么有意义的东西，然后就好好享受这份虚无呢？”

我朝他竖中指。

皮埃尔安东只是笑了笑。

我恨恨地抓住玛丽-乌苏拉的胳膊，因为玛丽-乌苏拉是我的朋友，而且她有蓝色的头发，扎着六根小辫子，这很不错啊。蓝。比较蓝。最蓝。如果不是我妈妈明令禁止的话，我也会把头发染成蓝色的。现在我只能退而求其次扎六根辫子，虽然我又稀又干的头发并不太适合，不过这也算不错了。

没过多久，简-约翰就又一次把我们召集到操场上。

没搜集到什么好点子，坏主意倒是不少。我们不想听欧乐的意见了，而且要不是因为他现在是班级里最强壮的——至少是在皮埃尔安东离开学校之后——他早就挨一顿揍了。因为没想到什么好主意，所以准备散场时，苏菲站了出来。

“我们得证明给皮埃尔安东看，这个世界上是存在有意义的事情的。”她没有继续说下去，不过这也就够了，因为我们立刻就明白了我们该干什么。

第二天下午我们就开始动手了。

第5章

苏菲就住在泰艾瑞的城郊结合处。苏菲和她的父母住在一幢黄色的房子里，房子后面是一块巨大的空地，在空地的另一头有一座废弃的锯木厂。

锯木厂已经废置许久了，应该会拆掉改建为体育馆，这些话市领导们已经说了好些年，所以也就没有人当真了。虽然那座锯木厂已经破落不堪，窗玻璃早已经不知去向，屋顶也破了好几个大洞，但它还在那儿，而且这正是我们所需要的。

在课间我们把自己所有一分、二分以及五分的钢镚儿都交给了简-约翰，他狂奔到卖铁器的小店，付完钱后手里握着一把崭新的密码锁又原路狂奔回来。

关于密码设置大家讨论得非常激烈，因为人人都觉得自己的生日是最适合当密码的。最后我们达成一致：二月五日，因为这一天是皮埃尔安东的生日。于是5-0-2就成了我们大家竭尽全力要刻在脑海中的三个数字。由于太过于专心这件事，我们把做家庭作业以及听课都给忽略了。我们的老师艾斯基德森察觉到有些不对，问我们是不是脑子锈掉了或者是我们脖子上方那点本来就不多的东西已经完全消失了。

我们没有回答他。没有一个人回答他。5-0-2。

我们有那座锯木厂。我们有那把密码锁。我们知道我们要做什么。然而事实还是比我们想象的要困难些。如果皮埃尔安东的那句话，没什么是有意义的，有一点点道理的话，那去搜集那些有意义的东西岂不也是徒劳吗？

这次又是苏菲拯救了我们。

“我们假装它们有意义就得了。”她说道，然后我们大家才慢慢意识到，这么想是可行的。

爱丽丝记得她六岁时有一次哭得特别厉害，因为有一只牧羊犬把她布娃娃的头给扯掉了。于是她就把那个布娃娃的身体以及被扯下来的脑袋从地下室某只大纸箱里翻出来，一起带去了那座废置的锯木厂。虔诚的凯带了一本旧歌集，那本书的前后封皮以及好一些页面都已经掉了，不过 27 页到 389 页还都完整无缺。玛丽-乌苏拉提供了一只艳红色的珍珠壳质发卡，只是少了两个齿而已，简-约翰则贡献了一盒披头士的磁带，里面的歌虽然已经放不出来了，但他还是一直没有舍得丢掉。

其他人也是走街串户，挨家询问他们能否得到一些有意义的东西。有那么一两次我们碰了一鼻子灰，不过我们也还是得到了一些特别神奇的东西。老人们给的东西最好了。他们给了我们会自己点头的陶瓷狗狗，而且还只是稍微有一点点瑕疵，还给了我们他们已经去世多年的父母的照片，或者是他们早已经成年的孩子的玩具。我们还得到了几件旧衣服，它们曾经是主人们的最爱，被穿了又穿，直到被磨得不成样子，甚至还有三十六年前的一位新娘手捧着的花束里面唯一一朵玫瑰花。

这朵玫瑰花让我们女生有点心神荡漾，因为我们觉得，这真是有意义的，这个梦想，能够有朝一日穿着一袭洁白的婚纱，手捧漂亮的花束去吻那个男人，那个今生今世都将会是她丈夫的男人。不过获赠那朵玫瑰花的劳拉接着说，那位女士五年之后离婚了。而且我们中很多人的父母也都离婚了，如果说他们曾经结过婚的话，于是我们的美梦就此破灭了。

我们收集的东西堆成了一座小山，越来越高。

几天后它都有小英格利特那么高了，然而它却缺少最根本的意义。毕竟我们都知道，我们收集的那些物品对我们而言是没有什么特殊意义的。那我们怎么能用这些东西去说服皮埃尔安东呢？

不可以，他立马就会看穿我们。

没有什么。完全没有。根本没有。

简-约翰又一次把我们召集起来。我们最终不得不承认，还是有让我们觉得有意义但没有交出来的东西的，虽然有些东西的意义不是那么重大。不过还好了，毕竟比我们之前的东西要好一些。

丹尼斯是第一个。他抱了厚厚一叠《龙与地下城》的漫画书。这些书他是百看不厌，几乎都能够背下来了。欧乐眼尖地发现，那个系列中少了四本书，丹尼斯得把那四本也补上。

丹尼斯大叫说，欧乐应该管好他自己的那些烂东西，而且我们都知道，一开始根本就不是这么约定的。他真的生气了。不过丹尼斯喊得越凶，我们的立场就越坚定：这样一来他自己也能知道这些书对他有多么重要嘛。而且我们不是一开始就说好的吗？我们应该把我们觉得最重要的东西带过来的，如果说这些东西能够说服皮埃尔安东，让他从李子树上下来的话。

当丹尼斯把最后四本《龙与地下城》的漫画书交上来时，我们搜集有意义物品的行动貌似真正启动了。因为丹尼斯知道对塞巴斯蒂安而言那根钓鱼竿是他的心头肉。塞巴斯蒂安知道，理查德把他那只黑色的足球视为神物。理查德知道，劳拉最喜欢戴的是她那对非洲的鹦鹉耳环。

在事情发展到现在这个局面之前我们应该及时停止的，不过现在已经太晚了，虽然我尽力而为。

“这样下去不行啊。”我抗议道。

“哈！”格尔达大笑着指着我半高的浅绿色凉鞋说。那可是我用了一整个夏天的时间去说服我妈妈给我买的，不久前她才答应的，因为商店那时候开始促销，那双凉鞋半价出售了。

我早就知道。而且说实话，这也是我试图要阻止这次收集活动的原因之一。会有人提到我的凉鞋，只是时间问题。而且偏偏是那个愚蠢呆傻的格尔达指出这件事来，这让事情更加难办。我一开始试图保持镇定，装作没有看到格尔达在指什么，然而劳拉不想让我得逞。

“凉鞋，艾格尼丝。”她开口了。这下我逃不过了。

我蹲下来，试图解开鞋带，但还是说服不了自己，于是又重新站了起来。

“我不能这么做，”我说，“我妈妈会问，凉鞋去哪儿了，然后大人们就都会得知这件事情的。”我认为我的这番说辞很有道理，可惜不是。

“你认为你比我们其他人优越还是怎么着？”塞巴斯蒂安吼道，“你认为我爸爸会怎么想我的鱼竿去哪儿呢？”像是为了强调他的说辞，他还一把抓起了挂在那堆东西上的钓鱼线以及鱼钩。

“而且我的书该怎么办？”

“我的足球呢？”

“我的耳环呢？”

我败下阵来，自己也很清楚这一点，只央求能给几天缓冲的时间。

“就到夏天结束的时候。”

没有得到赦免。不过我可以借苏菲的运动鞋，不至于光着脚回家。

苏菲的运动鞋实在太小了，我的大脚指被挤得生疼，感觉从锯木厂回家的路比平日长了许多。我拐进通往家门口的那条小道，与其他人道别之后，就开始大哭。

我没进家门，而是坐在自行车棚里，这样路人跟家人都不会注意到我。我脱下苏菲的鞋子，把它们甩到角落里。脑海里那双半高的浅绿色凉鞋在那堆有意义的东西上面闪闪发光，这幅画面久久挥之不去。

我看着我的脚丫暗想，格尔达得为此付出代价。

第6章

我需要三天的时间来找出格尔达的软肋，在这三天里我对她特别友好。

我从来没对格尔达有过太多的好感。她说话的时候口水乱喷，笑的时候喷得更多，关键是她几乎一直都在笑。而且还老骚扰玛丽-乌苏拉，而玛丽-乌苏拉是我最好的朋友，她很特别，不仅是因为她那蓝色的头发以及六条小辫子，还因为她总穿一身黑色。我也很想只穿黑色的衣服，可是我妈妈总给我买其他颜色的衣服，破坏我的计划。所以我仅有的黑衣服也就是一条黑裤子，两件黑 T 恤，上面印着英文的笑话，另外还有一件黑色的羊毛衫，可是初秋穿这个又太热。

不过现在我要做的是对付格尔达。

我跟格尔达交换头绳，与她偷偷谈论班上的男生，并且告诉她，我觉得高个儿汉斯人很不错。(其实根本就不是这么回事，不过虽然说谎是不对的，但这个策略属于我哥哥所谓的“高端武力”。我也不太清楚这个词是什么意思，大概是说在情急之下撒个谎还是可以的。)

头两天我收获不大，因为格尔达显然没什么特别喜爱的东西。或者就是她已经看穿了我。她的祖母送给她几套小人粘纸，不过我知道，自从我们上了五年级，她就不再玩那个了。然后她给我看了一张汤姆·克鲁斯的照片，她超级迷恋他，每天睡觉前都要在那张照片上印上一个晚安吻。她还有一打诸如医生偷吻了护士，然后就相爱终生的小说。我得承认，有时我也想借来看看。如果格尔达得把这些书交出去的话，那她肯定会撒几滴泪的。不过这些都是小玩意，不算什么。不，直到第三天我才有了重大斩获。

我们当时正坐在格尔达的房间里，喝着茶，听着她爸爸最近送给她的一盘磁带。然后我就找到了格尔达的软肋。前两天我们是坐在格尔达妈妈家她的房间里，那里面都是小女孩的玩意和小物件。现在我们坐在格尔达爸爸家她的房间里，她每隔一周过来一次。不是那台老式卡带录音机，或者那把气垫椅，或者是满墙的海报让这个房间不同于她妈妈家的那间，因为那儿也有一台老式卡带录音机，有一把气垫椅以及满墙的海报。这间房子之所以特别，是因为在墙角立着一只巨大的笼子，里面有一只小仓鼠。

那只小仓鼠名叫小奥斯卡，第二天我就提出格尔达必须得为那一堆有意义的东西把她的小奥斯卡贡献出来。

格尔达哭了，她说她会告诉所有人关于高个儿汉斯的事情。然后我就笑不可遏地告诉她那件事情是骗人的，是我运用的“高端武力”。于是她哭得更凶了，说我是她认识的最无耻的人。在她哭了两个小时之久还是停不下来时，我差点就后悔了，想她或许有道理。不过我脑海里又浮现出那堆物品上面我那双半高的浅绿色凉鞋，于是就没有妥协。

玛丽-乌苏拉和我陪着格尔达回家去取小奥斯卡，绝对不能让她溜之大吉。

格尔达爸爸住在那片新建的棕灰色的联排房里，那边墙表面都是炼砖。所有房间都有一扇巨大的推拉窗。这座房子是在泰艾瑞另一头，就在不久前那儿还有一片草地以及优哉游哉吃草的棕灰色的羊群。因为它在泰艾瑞的另一头，所以路有些远而且还不太好走。不过最大的问题是那些巨大的推拉窗。格尔达的父亲还在家，而我们必须得把小奥斯卡偷运出去。玛丽-乌苏拉溜进格尔达的房间，我则在外面接应，准备把小奥斯卡塞进一只锈迹斑斑的笼子里，这是我们特地找来的。格尔达就站在房间的一个角落里啜泣，一点都不帮忙。

我实在受不了那啜泣声了，就说了一句："闭嘴，否则那堆物品上就会多出一只小奥斯卡的尸体。"

虽然格尔达没有立刻停止啜泣，但是起码压低了嗓音，也就还可以忍受了。然后她又走出了房间，没有引起她爸爸的怀疑。小奥斯卡的皮毛白棕相间，小胡子一翘一翘的，其实还是蛮可爱的，我很开心不用弄死它。不过那只笼子超重而且不好拿，去那座废弃锯木厂的路又很长。我们应该问虔诚的凯借一下那辆送报车的啊。不过我们忘记了，所以就只能轮流提着。格尔达当然也有份，我和玛丽-乌苏拉的胳膊都很酸，凭什么她的就可以不酸。感觉过了好久好久之后，我们终于到了那片旷野以及那座锯木厂。小奥斯卡一路上不停地吱吱叫唤，好像我真要杀死它一样，不过终于我们到了，能把那个笼子以及小奥斯卡放到里面去。

格尔达往笼子里面填了一些旧的木屑，又给小奥斯卡放进去一份超大的仓鼠食以及一碟清水，然后我就爬上了梯子，把那只笼子放到了那堆东西的最顶端。

我爬下来，把梯子推到一边，十分得意地望向那只笼子——稍微有点歪，不过不影响它像一颗明亮的星闪耀在最高处。然后我忽然觉察到，这间锯木厂里多么静。

寂静，更寂静，死寂。

这儿那么静，以至于我不由自主地转头看看，这儿好大好空旷，一层又脏又旧的木屑下的水泥地上有好多裂缝，门框以及顶梁上有那么多密密麻麻的蜘蛛网，屋顶有那么多漏洞，仅有几块玻璃窗还是完整的。我把四周细细打量了一番，然后望向了我的同学们。

他们还在一言不发地盯着那只笼子。

感觉像是小奥斯卡赋予了那堆有意义的物品一些新的东西，那是我绿色的凉鞋，塞巴斯蒂安的鱼竿以及理查德的足球都不能给予的。

我个人对我的新发现非常自豪，所以对那些人看起来一点都不兴奋，很愤怒。

欧乐拯救了我。

“太不可思议了，这太有意义了！”他喊道，目光从小奥斯卡转到了我身上。

“我很激动，皮埃尔安东这下没话说了吧。”高个儿汉斯也附和道，其他人没有再开口。

我得咬住舌头，免得太自豪羞红了脸。

天已经很晚了，大部分人都得火速赶回家。我们最后又自豪地朝我们堆积成山的物品看了一眼，然后苏菲关上了灯，带上了门。简-约翰挂上了那把密码锁，我们四散而去。

然后轮到格尔达了。

第7章

格尔达不是脑子很活络的人，她只是说麦珂应该把她的望远镜交出来。我们大家都知道麦珂省吃俭用了整整两年才买到那台望远镜的。在每个晴朗的夜晚她都会用它来观测星空，因为她想要成为名天文学物理学家。但我们感觉那台望远镜还是差强人意。

麦珂相较而言更加恶毒一些。

她看着弗雷德里克不假思索地说："丹尼布洛。"

弗雷德里克感觉一下子矮小纤瘦了些，他满脸通红一个劲儿摇头。弗雷德里克有一头棕发以及一双棕色的眼睛，他总是穿一件白色的衬衣配一条熨烫得笔挺的蓝裤子，其他男孩子总是想方设法要把它们弄皱。他的父母结婚后没有离婚，而且也坚信不会离婚。弗雷德里克对丹麦以及皇室也秉持着同样的信念，他不被允许跟胡赛因一起玩。

丹尼布洛，我们引以为傲的国旗，是在十二世纪的某个时刻从天而降的，为了能帮助我们的丹麦王国在拉脱维亚打败敌人——弗雷德里克一直这么说。不过对丹麦王国在拉脱维亚都做了些什么事，弗雷德里克倒不是很清楚，不过即便知道也无济于事。

反正对我们来说丹麦皇室跟拉脱维亚一样无所谓，所以我们一起起哄："丹尼布洛，丹尼布洛。弗雷德里克要交出丹尼布洛！”

这几句话并不是特别出彩，不过我们还是反复地说，而且说得很开心。也许是因为弗雷德里克那一脸震惊的样子吧。

弗雷德里克和他那已经结婚还没有离婚的父母住在一栋红色的小楼里，前花园里竖立着泰艾瑞最高的旗杆。在任何稍微特殊 点的日子里，那面丹尼布洛旗帜就会在旗杆顶端迎风飘扬，从日出到日落，不管是女王的生日还是弗雷德里克的生日，节庆日还是礼拜日。在弗雷德里克家里升旗仪式是男人们的义务和骄傲，自从前几天弗雷德里克过了十四岁的生日之后，他就从他父亲那里接过了这项义务和这份骄傲。

弗雷德里克不愿意交出那面旗子是情理之中的事。不过我们没有妥协。第二天那面旗子就成为了那堆有意义的物品中的一件。

简–约翰从木材厂后面找了一根铁棍，并把它插到了那堆有意义的东西中间。在弗雷德里克把那面红白相间的旗帜绑到那根铁棍上后，我们一个个站得笔直，一起高唱国歌。

从近处看那面旗帜要比它在旗杆顶端显得大得多，想到它的历史以及它是国家的象征等，我站在一边觉得稍微有点不舒服，不过其他人看起来都无所谓。考虑到意义这件事，我感觉麦珂这个主意还真是很绝：顶端飘扬着这面旗帜，这堆有意义的物品真感觉有些不一样了。

有些不一样，是意义！

我们没想到，弗雷德里克也会那么记仇。不过他向达姆–维尔纳要他的日记本，还真让我们对他多了一些敬意。

达姆–维尔纳，怎么说呢，就是达姆–维尔纳。

达姆–维尔纳的日记本相当特别，黑色的皮质封面，里面——跟面包袋一样的纸，不过肯定比面包袋昂贵的多——密密麻麻记满了东西。

达姆-维尔纳说，不要，弗雷德里克不能提这种要求啊，同时还打着手势。这被我们女孩子争相模仿，笑得直不起腰来。

多说无益。

那本日记也成了那堆有意义的物品中的一员，不过没有钥匙。因为弗雷德里克忘记了索要那把钥匙，于是他才得到的那份敬意又迅速消失了。

达姆-维尔纳用鼻音，而且还有点高高在上的样子说，有了他这本日记本，这堆有意义的物品完全达到了一个新的“niveau”[①]——他很喜欢用法语词，我们其他人有时候搞不太清楚他说的意思。不过管它是什么意思，基于那个新的“niveau”，他对安娜-

① niveau，法语，意为“水平、水准”。

李说，希望她可以谅解，不过她得把她的被收养证明带过来。

安娜-李是韩国人，虽然自从她被收养后她就是丹麦人了，而且她的养父母也只教了她说丹麦语。安娜-李从来都不发言，也不参与任何是非，有人问她事情时，她只是眨眨眼睛，然后就低下头。这会儿她也没有开口。玛丽-乌苏拉看不过去了：

“这不行，维尔纳。收养证明就像是出生证明一样，是不能随便拿出来的。

“那就得请你们多多包涵，”达姆-维尔纳故作深沉地说，“我的日记本就是我的生活。如果我都能把这个交到这里来，那份收养证明也可以。而且这些物品不是本来就代表着意义吗？”

“但不是这个样子。”玛丽-乌苏拉说着摇摇头，她那六根蓝色的小辫子左右晃动。

达姆-维尔纳依然彬彬有礼，但是坚持他的要求。我们也不知道该怎么继续反驳，站在旁边犯嘀咕。

出乎我们意料的是，这时候安娜–李开了口，而且说了很多。

“没关系，”她张口就说，“或者说是有关系的。可是这也正是意义所在啊，要不然那堆有意义的物品就没有意义了，那样的话就证明了皮埃尔安东那句话，不存在有意义的东西，是有道理了啊。”

安娜–李说得对。

那份收养证明也放了进来，之后安娜–李说小英格利特应该把她新的登山杖拿过来时，没有任何人有异议。

小英格利特就只得用她那根旧的咯。

这样慢慢地越来越有意义了，之后小英格利特怯生生地说，亨里克应该把他泡在福尔马林中的那条蛇带出来时，我们大伙儿都欢呼雀跃了好久。

第 8 章

在生物学大厅里有六样东西值得观看：那副我们称之为汉森先生的骨架，那个内脏可以取下来的半人身，那张女人下体图，那个有些干裂的头骨——所谓的“灵巧易携的哈姆雷特”，那只仿制黄鼠狼，以及泡在福尔马林里面的那条蛇。在这六样东西中泡在福尔马林里的那条蛇最有意思了，所以想出这个点子的小英格利特真是天才。

亨里克则不这么认为。

因为那是一条眼镜蛇，为了能将它纳入学校的藏品中，他的爸爸可是耗费了相当多的心血，写了相当多的信件，与人家谈判了相当多次才得以完成的。还有就是那条蛇还很恶心，每次看到它，都能让人起鸡皮疙瘩。它身上布满好似来自于远古时期的条纹，还有那层厚厚的鳞片，一圈圈盘绕在瓶底，头被摆成一触即发的样子，而布满鳞片的脖子一副剑拔弩张的架势，似乎随时随刻都会从它那血红色、嘶嘶作响的大口里喷出致命的黏液。

没人愿意主动去摸那个瓶子。

当然了，是在他或她没得到至少十克朗的报酬的情况下。

亨里克毫不动摇，坚持认为那条蛇不应该被拿到这堆有意义的物品中来。然后胡赛因就趁机把那个装着蛇的玻璃瓶放到亨里克的头顶上（欧乐付的钱），扬言如果亨里克不把那条蛇带出去的话，他就把那个瓶子对着他的脑门撞碎。

这一招奏效了。

我们其他人也有点不耐烦了，坚持要他赶紧行动。因为我们必须尽快结束，以堵住皮埃尔安东的嘴。现在那些李子已经慢慢成熟了，皮埃尔安东朝我们大声嚷嚷他那些歪理邪说时还会把那些黏糊糊的李子核吐到我们身上。

“你们女生想要男朋友做什么呢？”今天早上我跟玛丽-乌苏拉手挽手经过泰艾瑞街 25 号时，他冲我们喊，“先是恋爱了，携手走一段路，然后不爱了，之后就分手了呗。”

“闭上你的臭嘴！”玛丽-乌苏拉喊得非常大声。

皮埃尔安东大笑着继续：

“就这样一次又一次，直到你们厌倦了这种无谓的重复，然后就装作，这次碰到的那个恰巧就是那个对的人，而且你们在一起很开心！”

“晕，给我安静点！！！”我也大叫，并开始往前跑了起来。因为即便是我还没有男朋友，也不知道此刻如果我能选择的话，我会选择谁，我还是非常希望能有一个男朋友，而且是尽快。皮埃尔安东可不能在我的爱情还没出现前就把它扼杀了。

玛丽-乌苏拉和我一路狂奔到学校。据我们所知，我们还从来没有同时那么气恼过。稍后漂亮的罗莎提醒我们，皮埃尔安东曾经跟苏菲在一起过两个星期，他们甚至还亲过嘴，分手之后苏菲跟塞巴斯蒂安，皮埃尔安东跟劳拉好上了。不过这也无济于事。

因为这个故事有点接近那些我不想听的情节，也有可能是因为太像皮埃尔安东所讲的那样。

我具体不太清楚亨里克是怎样瞅准时机把那条蛇从生物大厅偷偷运到这座废弃的锯木厂来，而没有被人发现的。我只知道，丹尼斯和理查德帮助他把那个玻璃瓶抬到那堆东西上时，那条蛇在里面晃动得很厉害，很恶心。

小奥斯卡觉得这一点都不好。

这只小仓鼠在笼子里凄惨地叫个不停，躲进笼子最深处的角落里。格尔达哭着说应该在那个瓶子周围包一层报纸，这样我们才能够继续待在这儿。

但是小奥斯卡的尖叫让那条蛇的意义更加重大，没人同意要把它包起来。

取而代之的是我们个个都充满期待地看着亨里克。

第9章

亨里克还真是个会谄媚的家伙。

他跟欧乐要了他的拳击手套。不过挺搞笑的是，欧乐还真挺喜欢他那副手套的，而且颜色是红色，跟丹尼布洛国旗还挺配。

欧乐则是足足想了八天才说出来他想要的东西。

如果不是因为他是欧乐，而且大部分情况下他的主意也确实很不错，我们大伙儿早就冲他发飙了。

因为他还在左思右想的时候，皮埃尔安东又坐在那棵李子树上开始喊话了。

“人们上学，是为了得到一份工作，而工作呢，则是为了能有休闲的时间。那为什么不一开始就好好休闲呢？”他在我们身后喊，而且还吐了一颗李子核。

那堆有意义的东西感觉有点缩水，而且还丧失了一些意义，这令人难以忍受。

“你给我们等着瞧！”我竭尽全力喊道，然后立刻跳到了一边，为了避开那颗已经飞过来的李子。

“你要等什么呀！”皮埃尔安东还一副苦口婆心的样子，“没有什么值得瞧的东西，而且等的时间越长，能瞧的东西就越少。”

我用手捂住耳朵，加快脚步朝学校走去。

在学校里也没好到哪里去。因为老师们正在朝我们大发雷霆，他们坚信，泡在福尔马林里的那条蛇的消失是我们在捣鬼。亨里克怎么就能那么蠢呢，偏偏在我们上完生物课后直接把那条蛇偷走了。

我们必须在接下来的日子里每天放学后在学校多待一个小时，直到我们说出那条蛇在哪里为止。有意思的是亨里克不在其中。因为亨里克的父亲坚信这件事与亨里克无关。

亨里克，那个趋炎附势的家伙！那个阿谀奉承的家伙！那个阿谀奉承的家伙亨里克！

我们不停地咒骂他，万分期待着那一天的到来：在我们完成了所有物品的收集，在皮埃尔安东看到了那堆东西，在我们把真相公之于众，在那个趋炎附势的亨里克得到他应有的惩罚的那一天！

反正那段时间他是上蹿下跳，得意洋洋！

直到，直到高个儿汉斯逮住他，狠狠给了他几个耳光，打得他求饶为止。我们也确实饶了他，因为那时候大伙儿已经不用放学后多待一个小时了。

“爱丽丝的小弟弟。”欧乐最终宣布道，感觉那一刻有一阵疾风穿过了锯木厂。

那是某一天的下午。我们大家坐在那堆有意义的东西旁边，立刻理解了欧乐的意思。爱丽丝的小弟弟才两岁就去世了，他被埋在墓园的山头。欧乐的意思是，我们得把爱丽丝弟弟的棺材挖出来，把它从墓园的山头抬下来，然后再抬到锯木厂来，然后再放到这堆东西上。这也意味着我们得在夜幕的掩护下行动，如果我们不想被人发现的话。

我们都看着爱丽丝。

或许我们希望她能说些话，表明这项行动不可能。

爱丽丝什么都没有说。她的弟弟从出生就一直生病，直至过世。在那段时间里，爱丽丝的父母把全部精力都用来照看她的弟弟了。而爱丽丝则在课上经常走神，考试成绩越来越差，并且结交了一群狐朋狗友。之后她就搬到她祖父母那里去了，直到她弟弟半年前去世她才搬回来的。

我不认为爱丽丝真会为她弟弟的去世感觉特别伤心，我也不认为她会因为他的棺材被抬到这儿来而难过。但我认为爱丽丝怕她的父母多于怕我们，所以在长长的沉默之后她开口说：

“这件事我们不能做。”

“我们当然能做。”欧乐说。

“不，这种事是做不得的。”爱丽丝皱起了眉头。

“别人做得了做不了我们无所谓，反正我们会做。”

“这是对逝者的亵渎，”虔诚的凯插嘴说，是他而不是爱丽丝继续陈述反对的理由，“这样做上帝会惩罚我们的，”他解释道，“逝者应该在墓园里安息。”

安静，很安静，死一般的安静。

虔诚的凯的反对无效。

“我们得有六个人一起行动，”欧乐不为所动地继续说，“四个人轮流挖坟墓，两个人放哨。”

我们面面相觑，没有人主动报名。

“我们抽签决定。”欧乐说。

之后又讨论了许久，要以什么样的方式抽签。最终我们决定了抽扑克牌。得到最大数字的四个人得去墓地。嗯，只需要四个人。因为欧乐和爱丽丝理所当然会一同前往。

我说我可以立马跑回家拿副牌过来，不过现在已经很晚了，所以我们决定第二天再抽签。然后挖墓行动在第二天夜里就得进行。除非下雨。

我一向很喜欢纸牌游戏，而且也有各种不同的纸牌。吃过晚饭后我就进了房间，关上门，把所有纸牌都拿了出来。

这里面有经典的蓝红纸牌，不过这不合适。然后还有拼图，这在我看来也不合适。还有背面有马头，或者是小丑的，或者是国王王后长的像是阿拉伯的苏丹人的那些都不合适。最后只剩下了一副纸牌。那一副还真非常合适，因为背面是纯黑色，镶有一圈金边，而且这副牌我几乎没玩过，所以那圈金边还都很完整，闪闪发光。就是这一副了。

我把其他纸牌放回原处，把有金边的那副在书桌上摊开来。我把每张牌都细细观察了一遍，有点毛骨悚然的感觉，不仅是因为上面长得像是女巫的女王，像是要用眼神杀死人的国王，不仅是因为黑得过头的黑桃，有点像爪子的十字，而且还有蓝红的梅花以及红桃。看到这些就想到一些我不想去想的东西。

也或许是，想到小埃米尔的棺材要被挖出来，我开始有些动摇。

上。下。头脑里满满都是我不想去想的东西。

我有两种方案。

要么我把一张数字 2 的纸牌拿出来，塞进兜里，然后把明天我抽到的牌偷偷跟这张牌调包。或者我也可以在那张 2 上面偷偷做一点标记，确保我明天抽牌的时候能找到它，而且还不会被别人发现。

虽然我现在还不知道应该怎样做标记而不被其他人注意到，我还是选择了第二种方案。因为万一有人想到要在我们抽签之前把牌点一遍的话，那我立刻就会被识破。所以做标记是比较保险的。

考虑许久之后，我把黑桃 2 的四个角上的金边都弄破了一点。保险起见我把其他的三张 2 也都做了同样的标记。即使有人注意到也应该觉得只是用旧了一点而已吧。这样我就可以高枕无忧了，不用大半夜起来去把爱丽丝弟弟的棺材挖出来。

第二天一整天班级里的气氛都有些压抑不安。

没有人开玩笑，没有人传纸条，也没有人丢纸飞机。就连由代课老师上的数学课都平安无事。不过班里还是乱哄哄的，椅子摇过来晃过去，桌子被一会儿推到这边，一会儿推到那边，有人用圆珠笔在桌子边上涂鸦，有人使劲咬着铅笔头。

时间像是在龟速前进，同时又飞速消失。大家都因为即将到来的下午特别紧张。所有人，我除外。我安静地坐在自己的位子上，友好地微笑，而且因为我是唯一一个认真听课而且还能够回答出艾斯基德森老师关于美洲（既有北美洲又有南美洲）风向、气候以及水资源问题的人，所以我在老师那儿加分不少。我时不时假装不经意地去摸摸那些镶着金边的黑色扑克牌，确保能感觉出其中四张的边缘有些粗糙。

在最后一节课下课铃拉响时，我们早已收拾好书包，三人一组朝不同方向冲出去。我们刻意走四条不同的路去那座废弃锯木厂，而且是以小组为单位。绝对不能引起大人们的怀疑，让他们嗅到有什么不对劲的气味。

从下课铃响到最后一个人到达锯木厂总共才二十分钟。我把那副黑牌从书包里拿出来交给了简-约翰。他一张张翻了很久，像在检查有没有做标记，我不得不别过头，以防自己死死地盯着他的手看而露出马脚。在他最终满意地开始洗牌之后，我实在忍不住暗暗笑了。

简-约翰站起来，把牌丢到旁边支架上的一块木板上。

“好了，”他说，“为了避免有人要诈，每个人都拿那一堆牌中最上面的一张。2是最小，A是最大。你们现在站成一排……”

简-约翰还在继续讲什么，可是我完全听不进去了。突然感觉好像特别尿急，而且手脚冰冷，以至于我怀疑自己是不是生病了。哎，要是我选了第一个方案该多好啊，现在我口袋里就有一张 2 了啊！

无济于事。我必须得乖乖地站到玛丽-乌苏拉后面去，而且得装得跟没事人儿似的。

所有人都紧张兮兮地一小步一小步往前挪，所以看起来队伍是在动，其实几乎没有。只有欧乐和爱丽丝站在旁边一边看着一边还谈笑风生，一副事不关己的样子。有没有人愿意一起做这件事，似乎对他们而言完全无所谓。

格尔达抽了第一张牌，看不出来到底是松了口气还是很失望，只是看了一眼那张牌之后就把它紧紧按在了胸口。高个儿汉斯笑得很开心，把手里面那张 3 高高举起来，好让我们大家都能看到。塞巴斯蒂安也笑了，不过没有很大声，他抽到的是一张方块 8。队伍中的人一个接一个走上前去，有人欢呼，有人沉默，大部分人像格尔达一样，把自己的牌紧紧按在胸口。

轮到玛丽-乌苏拉了，她犹豫了一会儿，翻开了最上面一张牌，然后就长舒了一口气。她抽到了5。然后就是我了。

我立马就看出来，最上面一张不是2 。能够看到那张尖角处有划痕的牌在下面好几张。有那么一瞬间我在想，怎样能装作不小心把那堆牌打散，然后在整理的时候，不动声色地把那张边缘有划痕的牌拿到最上面来。可是理查德在后面催我赶紧抽，我没办法只能翻开了最上面那张牌，背面那圈金边丝毫无损，闪闪发光。

黑桃A。

十三张牌中的第十三张。

我没有晕过去。

但后面的抽签过程是怎么进行的，我就完全不知道了。在我与欧乐、爱丽丝、简-约翰、理查德还有虔诚的凯围成一圈之后，我才回过神来。现在一切由欧乐说了算。

“我们今天晚上十一点在理查德家的自行车棚碰头。那儿离墓地不远。”

“嗯，这个主意不太好，”虔诚的凯颤抖着说，“可能会从‘内部使命’里把我驱逐出来。”

“我也觉得这不是个好主意，”爱丽丝估计也已经手脚冰凉了，“你就不能想点其他我可以交出来的东西吗？譬如说我的表。”爱丽丝伸出胳膊来，我们大家都看到她那条红色的腕表了，这是她搬到她祖父母那里去时她的爸爸买给她的。

欧乐摇摇头。

“或者是我的随身听？”爱丽丝拍拍她的口袋，我们大家都知道，那里面藏着她的独家武器，我们班里任何一个人都无法与之媲美。

我几乎不相信，我们把她弟弟的棺材挖出来这件事会让她很伤心。我觉得，爱丽丝是担心她父母会发现这件事，然后会永远把她送走。但欧乐坚持说必须这么办时，她也就不再有异议，只是说：

“我们务必记清楚花束摆放的位置，以便事后能把它们正确地放回去。”

欧乐开始下达命令，说简-约翰得带把铲子过来，我们还可以从理查德父母的工具棚再借一把。虔诚的凯应该推着他的送报车，爱丽丝和我每人带一只手电筒。欧乐自己则带一把扫帚，以便清扫棺材。

最后虔诚的凯一副差点就坚持不下去的样子，我想，要不是欧乐在那一刻宣布，就这么定了，十一点理查德家的自行车棚见，他大概早就哭了出来。

第10章

我定了十点半的闹铃，不过其实根本没必要。我在床上睁大眼翻来覆去，就是睡不着。然后就到时间了。十点二十五我准时下了床，把闹钟关掉，穿上牛仔裤和毛衣。我又蹬上我的雨靴，拿起我提前放在桌子上的手电筒。客厅里还隐约传来电视的声音。幸运的是我们家的房子只有一层。我能神不知鬼不觉地从屋里的窗户跳出来，然后在两扇玻璃窗中间塞一本书，窗户就不会关死了。我出来了。

天气比我想象的要冷些。

穿着那件薄薄的小毛衣，我冷得不行，只能一直跺脚。我还在想要不要装作睡过头不过去，可是不行。因为欧乐说得很明白：谁要是今天晚上不来，那就得明晚自己去搞定这件事情。想到要在乌漆墨黑的夜里一个人站在墓地里，我就默默加快了步伐。而且快走还有助于御寒呢。

我到达理查德家的自行车棚时，才十点五十分，不过简-约翰、虔诚的凯已经在那儿了。不久之后，爱丽丝也到了，接着理查德也从他们家的后门走了出来。准十一点欧乐也现身了。

他检查了一遍东西是否都备齐了：两把铁锹，两只手电筒，还有虔诚的凯的送报车。然后说：“我们走吧。”

我们蹑手蹑脚地穿过大街往教堂方向前进，没有人讲话。

整座城市都非常安静。

泰艾瑞晚上本来就活动不多，更别说在这么一个周二的深夜里。在理查德住的那条街上，我们紧紧靠着路旁的树篱走着，然后拐进了劳拉和塞巴斯蒂安住的那条街，路过面包店，迅速穿过玛丽-乌苏拉家后面那条小道之后就到了泰艾瑞的主干道上。就这样我们到达了墓园，没有碰到任何人，除了两只野猫，它们也被欧乐一脚给吓跑了。

墓园相当陡，一排排坟墓之间的小路都铺撒着砂砾。我们得把那辆送报车留在入口那扇大铁门处。虔诚的凯起初不同意，不过欧乐说他要是再废话就得挨一顿揍。

路灯发出的昏黄的灯光让这小路显得更加毛骨悚然。墓地与外界之间隔着一排云杉，这样万一有人经过的话，也不太容易发现我们，但这样就连原来那一点点灯光也几乎完全被挡住了。我们就借着那微弱的月光到了教堂入口。当然还有我们那两只六角手电筒射出的把黑暗切割开来的光线。

黑，有些黑，坟墓一般的黑。

我过去从来没有觉得参观墓地有什么不好，但此时这儿实在让人难以忍受。不管我们走得如何小心翼翼，脚下的小石子还是发出超刺耳的响声。我心里默念着数字，念到一百，然后再倒数，然后再到一百，就一直这样一遍遍重复。

五十二，五十三，五十四……

我们在黑暗中乱转了一会儿，爱丽丝才认清了方向，领我们去她弟弟的坟墓。七十七，七十八，七十九……到了，墓碑上刻着：1990.01.01～1992.02.21，埃米尔·詹森，我们亲爱的儿子和兄弟。

我望向爱丽丝，想打赌说她不会同意“亲爱的兄弟”这几个字。尽管如此我还是能够理解为什么这几个字也会被刻在墓碑上。毕竟弟弟是一种特殊的存在，即便他可能并不那么受人喜爱。

那块墓碑是大理石做的，纯白色，非常漂亮，上面有两只鸽子的雕塑，前面摆放着红色、黄色以及紫色的花束。我的眼泪几乎要汹涌而出，只能仰起头，装作欣赏头顶的星空以及半月，然后我就想到了皮埃尔安东今天早上说的话：月亮绕地球一周只需要二十八天，而地球绕太阳一周则需要一年。

然后眼泪就回去了，不过我不敢再去看那块墓碑以及上面的白鸽了。这时欧乐也下达了命令，把我跟爱丽丝派到两边去放哨。不过手电筒还是由他拿着，他的意思是男生们挖土的时候需要这个，以便确定他们挖的方位。而我们只能借着月光沿着一排排坟墓之间的那条小道走到入口处的教堂。月光下道路两侧罩上了一片铁青色，令人毛骨悚然。爱丽丝站在教堂另一侧的主入口处，离牧师的房子不是很远，可离我所在的地方好远。讲话是不可能的了，连用目光互相安慰一下也办不到。

我尽量让自己的注意力集中在前面这座小教堂上。它装饰得比较粗糙，白色外墙，浅色木质大门，在最顶端还镶嵌了彩色的玻璃，不过这时候看起来更像是黑色而不是彩色。同时我又开始数数。一，二，三……

在我身后他们开始铲土，每铲一下就会传来一种奇怪的闷响。闷响之后，当土从铁锹上滑下来时，又发出一阵嘶嘶声。先闷响再嘶嘶，闷响嘶嘶。一开始铲土的速度很快，然后就听到“砰”的一声，男孩们的铁锹已经碰到棺材了，然后铲土的速度就慢了下来。我知道他们是在紧贴着棺材铲，因为毕竟越快越好啊。想到那副棺材我就打了一个冷颤。我浑身发抖，不想再去想这些。所以我就抬头望向那一排排杉树，坐下来数到底有多少棵。

十八棵大杉树、七棵小杉树把外面的路与教堂隔离开来。它们的枝丫微微晃动，不过我没感觉到有风。当然我是在墓园墙后面啦，这里很挡风的。我往前走两小步，然后一个侧步，再后退两步。然后往另一侧再来一次。然后又来一次——这是我在脑海里自己编排的一段小舞蹈。一，二，侧。一，二，回。一，二，侧……

我猛然停了下来。

我听到了什么动静。是小石子被踩在脚下的声音。我凝神朝下面的路看，什么都没有。如果我有手电筒就好了啊。然后这种声音又响了起来。

呜呜呜嘶。

声音是从脚下路的尽头传过来的，就在大门附近。我突然感觉一阵尿急，差点要憋不住了，我恨不得立刻跑回男孩子们的身边。但我马上想起来了，欧乐说如果我跑回去的话，他会立马给我个大耳光。于是我深吸一口气，把两只手叉在一起放到嘴上，对着两个大拇指之间的洞猛吹，发出了一阵低沉的嘟嘟声。

又有小石子被捻动的声音，我用尽全力猛吹。

“嘟嘟，嘟嘟。”

然后欧乐就过来了。

“怎么了？”他小声问。

我已经吓到说不出话来，只能抬抬胳膊，指着路的那一端。

“走！”欧乐说，因为我虽然害怕那个弄出响声的人，不过也同样害怕不听欧乐指挥的下场，所以就跟着他躲在那些杉树后面慢慢往前走，那是最暗的地方。

我们走了几步后，欧乐停住了，开始四处张望。我站在他身后，什么也看不见。显然这儿也没发现有可疑的东西，因为欧乐又开始蹑手蹑脚地往前走。为了尽量避免发出任何响声我们走得特别慢。我的心简直要提到嗓子眼了，感觉像是沿着树干走了好几个小时。

欧乐突然把树枝推到一边，跨到外面的路上去。

“哈！”他笑了起来。我越过他的肩看到外面是什么东西，顿时羞愧不已。

那只是灰姑娘，索仁森斯家的那条老狗，自从索仁森斯去世后，它就整天守在他的坟墓这儿，哪儿也不去。估计是挖土的声音勾起了它的好奇心，它正慢吞吞小心翼翼地拖着它那受通风折磨的腿往上爬。幸好灰姑娘不是会汪汪叫个不停的那种狗。它只是饶有兴趣地瞥了我们一眼，嗅了嗅我的腿。我摸摸了它的头，然后又回到我的岗位上去了。

稍后欧乐的哨子就响了。

他们已经挖好了，那副小小的棺木已经被安置在了小路上，显得既孤寂又伤感得吓人。

不过我们没时间去想这件事情，因为当务之急是解决另外一个问题：男孩子们把所有挖出来的土又都填回去了，可是坟墓也就只被填满了四分之三。

这是一条我们还没有学过的物理定律：如果土地内某个物体被移除，那么之前物体所处的位置就会相应下降，相当于那个物体的体积。

每个经过小埃米尔·詹森坟墓的人就都会发现，小埃米尔·詹森已经不在那儿安息了。然后爱丽丝就开始哭，根本停不下来，欧乐叫她不许哭也没有用。

我们站在那儿，面面相觑，不知道该怎么办。然后我想到一个点子，可以从其他的墓穴拖几块墓碑过来，然后丢进去，上面盖上土就好。守墓人也许会奇怪那几块墓碑去哪儿了，不过决计不会想到它们在埃米尔·詹森的坟墓里。关键问题是，我们得把花束摆放得跟我们来之前一模一样。

把两块墓碑拔出来然后再抬到埃米尔的坟墓这边来，花了好长一段时间而且特别费力。尤其是我们不敢动附近的墓碑，担心万一有人注意到这边的土最近被动过就不好了。不过最终我们还是把墓碑扔了进去，上面结结实实地盖了很多土，然后在最上面把花摆上，花上落了一些泥土，不过我们用欧乐的扫帚清理了一下后就还过得去。我们把这些事情弄完，转过身去，对面市政厅上面的大钟正好响了起来。

我呆住了，发现即使在夜色中也能看出男孩子们也是一个个脸色惨白。市政厅的那座钟发出的是一种非常低沉的重音，每一次敲打都像是墓园上方有一只怪兽在怒吼。

咚！咚！咚！

大家都一动不动。

我既不敢看东西也不敢闭眼睛，只能目不转睛地盯着简-约翰，感觉他是唯一一幅我敢纳入视网膜的画像。我没有数钟声，但感觉远不止十二下。过了许久钟声终于停止了，又恢复了之前的寂静。

我们慌乱地看着彼此，然后是简-约翰清清嗓子，指向那副棺材。

“我们继续吧。”他说。我注意到他巧妙避免了使用棺材这个词。

当爱丽丝的弟弟被放进去的时候，那副棺材肯定是纯白色，而且很好看。然而现在白色的表面已经起了许多泡，布满了裂纹，一点都不好看了。在棺材的一个角上趴着一只虫子，虔诚的凯坚持要让欧乐把那只虫子扫掉，否则他死活都不会去抬的。然后他们就把它抬了起来，他们四个人：欧乐和虔诚的凯在一边，理查德和简-约翰在另外一边。爱丽丝在市政厅的钟声响起来时就不哭了，现在拿着手电筒走在前面，我拿着另一只走在后面。

他们没想到那副棺材那么沉，不一会儿男孩子们就气喘吁吁大汗淋漓了。可是欧乐坚持要走出墓地之后才稍作休息。我也挺赞同。如果不是必须的话，我一刻也不想在墓地多待。

我后面的小石子又在沙沙作响。

索仁森斯的灰姑娘慢腾腾地跟在我们后面，好像它才是送葬家属似的。一开始我们觉得有只狗跟在后面挺好的，有种莫名的安全感，可是等我们上了大路，把棺材安置到那辆送报车上，它还是跟在我们后面时，我们就有些不安了。

如果说明天早上守墓人发现不仅那两块墓碑，还有灰姑娘也消失了的话，那真是不太好。不过没办法。还没等我们把它送回去，灰姑娘又窜了回来，继续跟着我们。在我们尝试了四次都没有成功之后，我们就放弃了，决定就让它跟着，直到它自己回去为止。可是它没有。所以在我们到达了那座废弃的锯木厂，把密码输进去，打开门之后，灰姑娘是第一个溜进去的。

我打开灯，男孩们抬着那架棺材走了进来。在刺眼的灯光下，一切忽然不再那么恐怖。那不过就是一具小男孩的尸体外加一个木头壳子而已嘛。我仔细看了看那副棺材。它现在已经被放在了那堆有意义的物品旁边，因为太沉不可能把它抬到上面去。

我们累得不行，没有心思再去管灰姑娘了，它想干吗就干吗去吧，关上灯，我们火速赶了回去。在我家路口我向他们道了别，然后朝家门口跑去，感觉好受多了。

那本书还夹在窗户中间，我爬进去躺到了床上，没有惊醒家里任何人。

第11章

当其他人看到那副棺材，甚至还有趴在上面的索仁森斯的灰姑娘时，得有多么震惊啊！

经过昨天夜里的行动我们六个人还是相当疲惫的，可是精神上我们却亢奋得很。我们低着头悄声把昨天的事情讲给同桌听，同桌再讲给他们的邻座听，就这样一直传下去，直到艾斯基德森老师气得大叫说应该保持安静。于是安静了一小会儿。但接着又开始了交头接耳窃窃私语，然后艾斯基德森老师又不得不大喊安静。

感觉过了好久好久，最后一节课才结束，我们立刻按照既定的路线各自奔赴那座已经废弃的锯木厂。之后大家对昨晚我们在墓地完成的英雄事迹还是喋喋不休地讨论着，随着一遍一遍的重复，这事听起来也没那么恐怖瘆人了。

接下来的几天，城里几乎每个人都在谈论墓地被损坏的事。

两块墓碑被盗走了，有人践踏了小埃米尔·詹森的坟墓，索仁森斯的灰姑娘不见了。不过对于最后一件事情没有人会抱怨，因为那条老狗本来就很惹人嫌，它在墓地里面乱窜，不仅会在墓碑上撒尿，还会在出其不意的地方留下它的便便，所以本来就是一个祸害。

没有人怀疑我们。

当然我妈妈会问我房间里满是小石子跟泥土是怎么回事。不过我就说，我跟苏菲在她们家后院里面一起玩，然后进屋的时候忘记把雨靴换下来了。虽然因为雨靴的事情我挨了一顿臭骂，但是这跟妈妈真的知道我去了什么地方的后果相比，根本就不算什么。

然后我们最大的问题反而出在灰姑娘身上。

它连一分钟都不能离开小埃米尔的木棺，它认定那里面盛放的是索仁森斯的遗物。我们绝对不能白天领它出去，因为万一有人看到它跟我们在一起，那就很容易把我们跟墓园里发生的事情联系起来。苏菲是我们之中住得离锯木厂最近的，却也不能在天黑后过来带灰姑娘出去溜溜圈，因为晚上她是不能出门的，而且她父母本来就觉得她在这座废弃的锯木厂待的时间太久了。结果是爱丽丝帮我们解决了这个问题。

自从她去世的弟弟的棺材被抬到这儿来之后，

她好像比之前喜欢他了。也许是因为灰姑娘一直守着那副棺材，所以她慢慢也喜欢上了这条狗。不管怎样她愿意晚上来这儿，带狗出去呼吸一下新鲜空气。时下正值九月中旬，八点半左右天就已经黑了，所以她正好能在上床睡觉前回到家。她晚上是不是在外面玩，她父母反正也无所谓，说这句话的时候，感觉她不知道该为此开心还是难过。

“还有件事。”爱丽丝继续说 。

我们讶异地看着她。这几天因为墓地的事情我们都忘记了，现在应该轮到爱丽丝决定下一步应该把什么放到那堆有意义的东西上了。

“玛丽–乌苏拉的头发！”

我朝玛丽–乌苏拉望过去，她下意识地抓起自己蓝色的马尾辫，嘴微张，像是要反抗，却又知道这没有任何意义。

“我有一把剪刀！”胡赛因大笑着喊。他拿出一把折刀，把里面的剪刀打开来。

“我得亲自操刀。”爱丽丝说。

“我也得参与，因为这是我的剪刀。”胡赛因坚持说。他们达成协议：一人一半。

蓝色，更蓝，最蓝。

两个人开始剪头发时，玛丽-乌苏拉静静地坐着，一言不发，然而眼泪却一颗颗顺着脸颊滚下来。感觉像是她头发的颜色倒影在了她的嘴唇上，她紧紧地咬着，直到溢出血来。

我别过头，害怕自己的眼泪也掉下来。

把玛丽-乌苏拉的头发剪掉比把参孙（《圣经》中的一个人物，他的力量之源是他的头发）的头发剪掉还要糟糕。没有了头发的玛丽-乌苏拉就不再是那个扎着六根蓝色辫子的玛丽-乌苏拉了，这也意味着她根本不再是玛丽-乌苏拉了。我在想，这是不是那六根马尾辫的意义所在呢。不过我不敢大声问，小声也不敢。因为玛丽-乌苏拉是我的朋友，即便她不再是扎着六根蓝色马尾的玛丽-乌苏拉，而且不再完全是之前的那个她了。

爱丽丝先剪掉了一只马尾。然后胡赛因又剪掉了一只。他们得用力摁那把剪刀，因为它比较钝，而玛丽-乌苏拉的头发又很厚。六根马尾辫他们用了足足二十分钟的时间。然后玛丽-乌苏拉看起来就像是迷了路的孩子，应该被送往精神病院一样。

被剪下来的六根马尾辫现在整整齐齐地躺在那堆有意义的物品上了。

蓝色，更蓝，最蓝。

玛丽-乌苏拉盯着那六根马尾辫好久好久。

她的脸颊上已经没有泪水。取而代之的是她眼里掩饰不住的怒火。她平静地转向胡赛因，用温柔却略咬牙切齿的音调说：

“你的礼拜毯。”

第12章

胡赛因让人很生气。

胡赛因让人那么生气，以至于我们不得不扁他一顿。我们是指欧乐和高个儿汉斯，其他人就看着。这持续了一小会儿，最后胡赛因的脸埋在了锯木屑里，欧乐四脚朝天躺在地上不再说话。之后他站起来时，看起来一副特别害怕的样子，几乎都在发抖了。不过似乎并不是因为害怕欧乐和高个儿汉斯。

他在害怕什么？等到胡赛因哭着把他的礼拜毯交过来，然后几乎一周都没在学校露面时我们才懂了。他再出现的时候，浑身都是淤青块，而且还断了一条胳膊。他不再是一个好的穆斯林教徒了，他的爸爸这样说他而且毒打了他一顿。

这并不是最可怕的。

最可怕的是他不再是好的穆斯林教徒了。

坏穆斯林！不是穆斯林！什么都不是！

胡赛因感觉被击垮了。

他耷拉着脑袋，走路时感觉脚都抬不起来，以前在打闹或者推搡时，他身手相当敏捷，而现在甚至别人对他大打出手，他都不会反击。

我必须得承认，那块毯子很漂亮。上面的图案由红、蓝、灰三种颜色组成，而且特别的柔软精致，以至于灰姑娘差点因为它离开了小埃米尔的棺材。

然后简-约翰就把那条毯子铺在了那堆有意义的东西的最顶端，灰姑娘爬不上去，只好作罢了。这很管用。它还是趴在原来的地方。

胡赛因一开始不想说下一个应该轮到谁。我们逼他，他也只是悲戚地摇摇头。

皮埃尔安东的话又开始在我们脑子里面回荡，胡赛因必须得完成他的义务。

已经是十月份了，我们依然没完没了。

但是必须得赶紧结束——还差六样东西。

最后，在胡赛因不能再继续抗拒时，他指指高个儿汉斯，轻声说：

“那辆黄色的自行车。”

这没什么新意，虽然说那辆自行车还崭新瓦亮，黄澄澄的，还是一辆山地车，而且大高个儿汉斯用了整整两天的时间才把那辆车搬到废弃的锯木厂的那堆有意义的东西旁边。不过没新意总归比什么都没有好，现在我们又可以继续我们的行动了。

如果说我们知道，自行车那件事情让高个儿汉斯愤怒到想出一个骇人的点子的话，我们估计会有人请求胡赛因想点别的东西。不过我们并不知道啊，而且我们坚持高个儿汉斯把他那辆崭新的亮黄色的自行车交过来，正如胡赛因所要求的。

苏菲是最坚持要求高个儿汉斯那么做的人之一，她真不该那样。

第13章

苏菲应该交的是什么东西，我几乎说不出口。那是只有男孩子才会想到的主意，而且那么恶心，那么可恶，以至于几乎所有人都替她求情。她自己没有多说，只是一个劲儿不要，不要，不要，使劲摇头，而且全身都在发抖。

高个儿汉斯坚持不松口。

而且我们也不得不承认，在要求他交出他那辆黄澄澄崭新的自行车时，我们其他人也是同样的铁石心肠啊。

可是那不一样，我们说。

“你们怎么就知道我那辆自行车对我而言不会跟苏菲的贞操对她而言一样重要呢？”

我们不能。

虽然我们感觉五味杂陈，还是达成一致，高个儿汉斯应该帮她交她应该交的东西，而且是第二天晚上在那座废弃的锯木厂里。四个其他的男孩子也得守在旁边，如果需要的话，也给予帮助。我们其他人都得回家，以防止我们想去解救她。

那天在学校里特别的可怕。

苏菲脸色蜡白地坐在椅子上，一言不发，甚至其他几个女生想要去安慰她的时候，她也没有任何回应。鉴于担心苏菲会发生什么事情，我们其他人也不敢继续多说什么，这比我们在班上嬉笑打闹还要糟糕，因为艾斯基德森还从来没有在我们班经历过如此安静的课堂时刻。他几乎要起疑了，开始说起我们班自从这一学年开始以来是有多么奇怪。他说得对，不过幸亏他没把这件事跟皮埃尔安东空着的位子联系到一起去。我不是很确定，要是他真的开始讲皮埃尔安东的事情，我们是不是还能够假装镇定。

在艾斯基德森叽里呱啦地讲着我们八月份以来种种奇怪的行为时，我转过头去望向苏菲。假若这一刻她会告密的话，我想我也不会责怪她。她没有。只是安静地坐在椅子上，脸色雪白，应该像是小埃米尔那副棺材最初的颜色。可是她又很平静，甚至是很镇定。如同我想象中一位圣者奔赴刑场的情景。

我不由地想起整个事件的出发点，想起皮埃尔安东坐在李子树上朝我们大喊，每天上午，每天下午，就是我们每一次经过泰艾瑞街 25 号的时候。这不仅让我们很抓狂，而且感到如果我们不能尽快把他从李子树上弄下来的话，他自己也快疯了。

“类人猿大脑的DNA跟我们的几乎是一模一样，”他昨天喊道，而且在那棵李子树的树干间跳来窜去，“人类真是没有什么特别的！”今天早上他又说，“地球上有六十亿人口。这已经是太多太多了。可是到二〇二五年将会达到八十五亿。我们能为地球的将来做出的最好的贡献就是：死亡。”

这些肯定是他从报纸上看来的。我不知道把别人的知识用来炫耀有什么好处。这让那些还没有长大，想要自己探索一下这个世界的孩子们丧失了勇气。可是大人们很喜欢积累知识啊，越多越好，而这些知识是否从其他人那儿获取，也就是说每个人都能知晓的，根本就无所谓。嗯，苏菲咬紧牙关是正确的。还是存在有意义的东西的，虽然有人想要摆脱这些东西。

我不知道那天晚上具体发生了什么，就是在高个儿汉斯帮助苏菲丢掉贞操的那个晚上。第二天能看到的只是一条格子方巾上的一些血迹和黏液，那条方巾被放到了那堆物品的最上方。还有就是苏菲走路的姿势有些奇怪，好像她迈腿的时候会痛。尽管如此苏菲出现的时候还是一副骄傲得拒人于千里之外的表情，而高个儿汉斯却跑前跑后，像是要弥补他所做的事情。

“他估计是还想再做一次。”格尔达趴在我耳边悄声说，咯咯地笑个不停，完全忘记了她曾经因为小奥斯卡的事情声称不再跟我讲话。

我没有回应她，不过事后我试图从苏菲那儿打探出来那天晚上到底发生了什么事情。

她不想告诉我，只是跑开了，而且看起来像是她发现了一个天大的秘密，虽然很可怕，可还是因此获得了一把通往具有重要意义事件的钥匙。

重要意义？更加重要的意义？最重要的意义？

在我们把那堆有意义的物品展现给皮埃尔安东，而且要求他保证不再坐在李子树上，大放厥词之前，就只差三个人了：虔诚的凯，漂亮的罗莎还有简-约翰。

苏菲选择了虔诚的凯，他应该把十字架上的耶稣交出来。

第14章

十字架上的耶稣不仅是虔诚的凯心里的全能上帝，也是泰艾瑞教堂里最神圣的物品，而泰艾瑞教堂本来就是泰艾瑞最神圣的地方。因此十字架上的耶稣是我们概念里最神圣的——反正如果我们信仰这个的话就是这样。不过也有可能不管我们信不信，他都是最神圣的。

十字架上的耶稣是圣坛后方的一座雕塑。它让小孩子们心生敬畏，让成年人们满怀感动——带着荆冠的低垂着的头颅，因为疼痛而扭曲的面孔上，一滴滴鲜血汇聚成圣洁的涓流顺延而下，还有那被钉在十字架上的手脚。那座十字架是花梨木的，据牧师说做工特别精细。甚至是像我这样坚持认为耶稣跟上帝是不存在的、所以根本就没有意义的人也懂得，花梨木十字架上的耶稣是有重大意义的。尤其是对虔诚的凯而言。

他需要帮助。

你的帮助，我们的帮助，帮助我们。

我又带着牌去了锯木厂，背面是小丑的那副牌。我们又抽了一次签。

这次是玛丽-乌苏拉、简-约翰、理查德以及麦珂抽到了最大的四张牌，所以应该由他们帮助虔诚的凯完成这次行动，尽管他还一直在强调，这种事是不应该做也不能做的。不过简-约翰说，他，虔诚的凯，是知道那把密码锁的密码的，如果他想的话，可以随时随地来锯木厂对着十字架上的耶稣祷告，听到这番话，虔诚的凯态度稍微有些改变。而且简-约翰还强调，一旦我们这次行动全部结束后，我们就会立刻把耶稣送回教堂。

我自己是不在现场的。不过周一上午的音乐课，在其他人都在听贝多芬的时候，没有了六根蓝色辫子的玛丽-乌苏拉悄声把那天晚上的行动告诉了我。虽然音乐声几乎淹没了她的声音，我还是大致了解了，行动并没有计划中那么顺利。

虔诚的凯是按照计划在周日的礼拜后藏到了教堂的某处，在其他人都离开把教堂锁上后，玛丽-乌苏拉、简-约翰、理查德以及麦珂赶了过来，按约定他们敲了三短三长六次门后，虔诚的凯开门让他们进来了。然后就开始了，可是事情并不像想象中那样。

首先是虔诚的凯开始哭了。

这是在其他人爬上圣坛走到后面去之后。然后他抽泣着不停地祷告，其他人不得已只好把他留在下面，而且麦珂还在下面陪着他，以免他逃跑。她劝他说，虽然她尝试了很多次，可是她在望远镜里从来没有看到过耶稣或者是上帝，其他所有的天文物理学家也都是一样，就这样反复讲了好几遍还是不管用。虔诚的凯干脆捂上耳朵，痛哭流涕地说他真听不下去了。麦珂只能作罢了，因为她还担心教堂外面会有人听到虔诚的凯的嚎叫。

简-约翰和理查德试图把耶稣从那个花梨木十字架上卸下来。

可是耶稣真是钉得特别牢固，他们用尽九牛二虎之力，他还是在十字架上纹丝不动。然后玛丽-乌苏拉就走到耶稣跟前，把手放到耶稣被钉在十字架上淌着血的脚上，手像是被烫了一下。玛丽-乌苏拉说虽然她不信那些东西，她还是打心底里觉得害怕。教堂里特别的空旷，这样一来也显得特别大，而且那座耶稣雕像忽然醒了过来似的，没有任何人动它，它就自己慢慢地顺着墙滑了下来，然后轰一声倒在了地上，折断了一条腿，而且恰好就是玛丽-乌苏拉摸过的那一条。

这么不可思议的事情，玛丽-乌苏拉还从来没有经历过。

他们都恨不得赶紧跑出去，可是事情都到了这个地步，他们不可能让耶稣躺在地上啊。所以虽然那座雕塑特别沉，他们还是把它竖了起来，拖到圣坛边上，然后斜侧下去。耶稣真不是一般沉啊，所以虔诚的凯必须得帮忙 起抬，不管他愿不愿意。他们现在是五个人一起上，却还是差点没能 口气把它抬到外面的送报车上。

他们推着虔诚的凯的送报车沿着马路往前走，

里面装着花梨木十字架上的耶稣雕像。那时已经是七点半，天色已经很黑了。尽管如此他们还是停了两次，躲到树或者是灌木丛后面，以免被偶尔路过的行人看到。

在穿过泰艾瑞城一直到城郊那座废弃锯木厂的整条路上，虔诚的凯都在不停地哭，而且还一直说不可以这么做。玛丽-乌苏拉的手也还在火辣辣的疼，差点就想说他言之有理。麦珂则在反复说她从来没有通过望远镜看到过耶稣或者是上帝，从来没有，感觉只是在提醒她自己的样子。甚至是平时天不怕地不怕的简-约翰这时候也紧张兮兮的，以至于手脚都有些不利索。就只有理查德一副非常淡定的神色，然而在他们到了锯木厂却打不开门锁的时候，他却彻底爆发了，大吼大叫还狂踹那扇门，然后又对着那辆送报车踹了两脚，以至于车上面十字架上的耶稣滑了下来，摔断了第二条腿。

这下子虔诚的凯彻底失去了理智，大吼着这是对神的亵渎，这样即使最后我们能说服皮埃尔安东耶稣也是意义的一部分，也没法把雕塑还给教堂了，而他自己，虔诚的凯，就再也不能出现在教堂里了。简-约翰吼回去说，虔诚的凯得闭嘴，因为不正是耶稣自己说的，只要人们坚信他，所有的罪过都会被宽恕吗？然后虔诚的凯就当真闭上了嘴，还差点露出了一丝笑意，然后门终于被打开了，是之前输密码的时候把顺序弄反了。

他们把十字架上的耶稣抬进锯木厂，索仁森斯的灰姑娘凌乱了。

凌乱了，彻底凌乱了，这条傻狗！

他们每次想要把耶稣抬到那堆有意义的东西上，灰姑娘就对他们狂吼狂吠，而且还撕咬他们的裤脚。最后不得已他们只能把耶稣平放在锯木厂正中间陈腐的锯木屑里，然后回家了。

不过这真是一个很严重的问题。

不仅是因为虔诚的凯觉得这不妥。灰姑娘却不管妥不妥，反正就是坚决拒绝我们把耶稣抬到那堆有意义的东西附近。不管我们怎么做。

怎么做？做什么？呆狗！

不管我们怎么威逼利诱它都不为所动，考虑到它那副明晃晃的大牙，我们也没有人敢把它抱起来。这样折腾了几个小时之后我们最终放弃了，准备回家。因为已经是要吃晚饭的时间了。然后我突然想起抬小埃米尔棺材进来的那一晚。

“它有可能在想，耶稣会把它的索仁森斯带走。”我说。

“这也有可能。”欧乐大笑。

“不，真是这样。”我坚持说。

“是啊，真的是。”欧乐笑个不停，我生气了。

爱丽丝走到我们中间来，说我是有道理的，只要有灰姑娘看着那堆有意义的物品，我们就不可能把耶稣和他的花梨木十字架弄到那堆东西上面。

我们想了好久，如果我们不把十字架上的耶稣放到那堆物品上去的话，它就没有实际意义。

“我们把它砍成一小块一小块的就行。”高个儿汉斯建议说。

“不要！”虔诚的凯喊。

虽然虔诚的凯怎么样我们都无所谓，不过高个儿汉斯的点子我们也不喜欢。如果真把这座雕塑砍成一块块的话，那感觉耶稣也就丧失了他的意义。

“我们把它涂成黑色吧，这样灰姑娘就认不出他来了。”塞巴斯蒂安建议说。

“不，那就不是那个耶稣了。”简-约翰反对说，这一点我们也认同：一个被涂成黑色的耶稣就不再是那个耶稣了。

“我带灰姑娘去散步的时候，你们可以趁机把耶稣像抬到那边去。”爱丽丝建议道，对这个建议我们没有任何异议。

在同一天晚上我们吃过晚饭后又都回到了锯木厂。

爱丽丝牵着灰姑娘一出门，简-约翰和高个儿汉斯就把耶稣雕像拖到了那堆有意义的物品边。因为它太重，所以不可能把它放到上面去，最后只是把它倚到了那堆东西上。

丹尼布洛国旗在飘扬，那副拳击手套滑了下来，不知滑到哪儿去了，泡在福尔马林里的蛇颤抖得厉害，小奥斯卡吱吱叫个不停。

花梨木架上的耶稣成为那堆有意义的物品的一部分了！

为了照顾灰姑娘的感受，他们把耶稣放在了离小埃米尔的棺材尽可能远的地方，嗯，也就是那堆物品的另一边。不过我并不认为这对灰姑娘接下来做的事情会有任何影响。

爱丽丝敲了三短三长六下门。

我们都站到了远离那堆有意义的物品的地方。简-约翰打开门，爱丽丝走了进来，灰姑娘也跟着她慢腾腾地挪了进来。那只狗喘着粗气，呻吟着，我们真担心它随时都会倒下去。不过还没等我们把它头上的绳子摘下来，它就像一只小狗一样四处嗅了嗅，然后优雅地迈着小碎步，翘着尾巴跑到了那堆有意义的物品旁边，先是又对着花梨木十字架上的耶稣嗅了一阵子，然后半靠着那座十字架，不偏不倚地尿到了耶稣的肚子上。

天啊！亲爱的上帝啊！噢，上帝！

格尔达咯咯地笑了起来。我们其他人纹丝不动。

灰姑娘这种行为会引发什么后果，我们那时还都不知道。可是被尿过的耶稣雕像我们是不可能再还回教堂里去了。

之后我们就一个接一个地笑了。神圣的雕塑和灰姑娘那四处飞溅、然后还顺着那条断腿滴到锯木屑里的黄色液体这一组合真是很奇怪。哎，断了腿后的耶稣本来就已经有些状态不佳了啊。

我们笑啊，笑啊，气氛棒极了。最后苏菲还把她的录音机拿了过来，给我们听音乐。我们唱着，嬉笑打闹着，玩得不亦乐乎，直到我们发现已经九点多了。

关上录音机，我们朝各个方向飞奔回家。要是有那么一个成年人出来找我们，然后听到那座废弃的锯木厂里的吵闹声的话，后果不堪设想啊！

第15章

我们对虔诚的凯都没什么太高的期望，不过这次他却让我们大伙都震惊了：他想要灰姑娘的头。

这很特别。

尤其灰姑娘还是一只流浪狗。

这只狗肯定是对爱丽丝意义非凡，不过爱丽丝不是已经把她弟弟的棺材交出来了嘛。现在只剩下漂亮的罗莎和简-约翰了，那交出灰姑娘的头颅这件事对他们俩其中一人有什么更重大的意义呢？

虔诚的凯坚持就得这么做。

“还是算了吧，凯。”欧乐说。

“灰姑娘的头颅。”虔诚的凯说。

“别开玩笑了。”爱丽丝说。

“灰姑娘的头颅。”虔诚的凯说。

“严肃点，认真讲。”麦珂说。

“灰姑娘的头颅。”虔诚的凯说。无论我们怎么劝说，他都毫不动摇。

其实我们都知道这是为什么。

自从耶稣的雕像也靠在这堆有意义的物品上之后，确切地说是五天以来，灰姑娘就把那座花梨木十字架当成了它的私人厕所，而且大小解都在那里。因为失去了一条腿的耶稣的圣灵形象本来就已经有所受损了，要是灰姑娘继续下去，那不久圣辉就荡然无存了。但尽管如此！

最终我们对虔诚的凯说，他应该选择一项要么对漂亮的罗莎要么对简-约翰有特殊意义的事情。

“好的，”他淡然地说，“那么漂亮的罗莎就应该切断灰姑娘的脖子。”

这样我们就不能有异议了。因为漂亮的罗莎晕血，所以这项举动对她来说无疑是有巨大意义的。

这次有两个人哭了出来。

漂亮的罗莎大声哭着请求凯放弃这个念头，说她不能这么做，她有可能半途就晕过去了，而且这会引发癫痫，以至于她得被送往急症室，以后就再也不能过正常生活。还有就是爱丽丝哭得非常厉害，她弟弟的棺材被挖出来时她都没有这样哭过。

我们没有去宽慰她们。

一方面漂亮的罗莎是应该咬紧牙关完成这项任务。毕竟灰姑娘的头比其他人需要交出来的物品小得多了。还有我们都怀疑爱丽丝的任务太轻松了，其实她是在暗自庆幸她弟弟的棺材被挖了出来。虔诚的凯可谓是一举两得。

简-约翰的爸爸是屠夫。他的店就在他们家的前屋。失败了几次之后，简-约翰还真在某天清晨把一把很长而且很锋利的剁肉刀从店里面偷偷带到了锯木厂去。那把刀叉在一块木桩里，闪闪发光，等着漂亮的罗莎鼓足勇气拿起它。

这比我们想象中要迅速。

当我们在某个阴冷冷风咧咧的下午到锯木厂时，灰姑娘的故事已经完结了，它的头在那堆物品的最顶端直愣愣地望着前方，而它的身子还在小埃米尔的棺材上，棺材一片血红，不再像以前那样白森森的。

白色，血红，红色意味着死亡。

漂亮的罗莎在学校里一整天都一副事不关己的样子，虽然后来她一直强调说她几乎要晕过去了，那比恶心还要恶心得多得多，她特意关上了锯木厂的灯，以免看到那些血。

关上灯估计是个好主意，因为当我们打开灯，漂亮的罗莎看到灰姑娘满是鲜血的无头尸之后，她一言不发地晕了过去。高个儿汉斯和欧乐把她抬到锯木厂的另一个角落，并在她周围立了几块木板，正好能遮住她的视线。他们没敢把罗莎抬出去，因为可能会有人经过的。

简-约翰看看那把又重新插在木桩里面的刀，因为上面凝固着血迹，所以它已经不再闪闪发光。

“我们差点就要认为在漂亮的罗莎的身体里隐藏着一个屠夫了。”他说着大笑起来。

若是他当时就知道，漂亮的罗莎还能干出其他什么事情的话，也许就不会笑得那么大声了。

第16章

情况有些不对劲。

不是因为漂亮的罗莎在砍下灰姑娘的头时眼都没眨一下，却在后来看到那副血淋淋的棺材时晕了过去，这当然是有些奇怪。

不，那种有些诡异的感觉，在漂亮的罗莎要简-约翰交出右手食指时，才浮现了出来。

那是某个周二的下午，在我们冒着大雨，一个个像落汤鸡一样冲进锯木厂之后。锯木厂的屋顶也已经不严实了，地面上的碎屑里已经形成了一摊一摊的积水，我们还没有老到对这些积水视而不见的地步。

玛丽-乌苏拉说，这种要求是不能被允许的，尤其是在简-约翰身上。他弹着吉他唱披头士的歌，好听到能够以假乱真，失去了食指的话他就再也不能弹了，所以漂亮的罗莎应该收回这个要求。

“就得这么做。”漂亮的罗莎说，没有解释原因。

“不行。”玛丽-乌苏拉说，我们其他人也站在她这边，什么事情都得有个度。

“就得这么做。”漂亮的罗莎说。

“不行。”我们又说。

在这样来来回回数个回合之后，感觉漂亮的罗莎已经没有力气再继续坚持了，对我们的否定不发一言，所以我们觉得我们胜了。

然而这种感觉也就持续到苏菲张口为止。

“为什么？难道简-约翰的右手食指没有意义吗？”

这个我们很难否定，然而我们还是不能要求别人交出自己的食指。苏菲不为所动地继续陈述自己的观点，完全不能理解这件事情有什么好讨论的。

“其他所有人都得到了他们想要的东西。现在如果说漂亮的罗莎想要简-约翰的食指的话，她就应该得到简-约翰的食指。”

最终我们还是同意了，因为根本就不会有人愿意去砍下简-约翰的食指嘛。

“我来。”苏菲简洁有力地说。

我们个个都瞠目结舌地盯着她。

自从丧失贞洁之后，苏菲就冷酷了许多。

冷，更冷，霜，冰与雪。

忽然我想起来，那晚简-约翰也在场的。我根本不愿意去想他用他的手指做了什么事情。但是现在我知道了，是谁把可怜的灰姑娘的头从身子上扯下来的。

苏菲很聪明。

我没有跟任何人讲我的想法。首先我并不确定那根手指是不是等同于苏菲所交出的东西。其次也因为我实在不确定苏菲还能够想出什么点子来。

我们中很多人都很开心，有意义的那堆东西终于要完成了。

简-约翰无所谓。不管搜集有意义的东西这次行动能不能完成，他都不会交出他的食指。

如果简-约翰不是最后一个的话，我们可能就放过他了。谁知道接下来还会有什么要求呢？不过可能这也不对。事实上如果他不是班长的话，不是自己决定一切的话，不是想什么时候弹吉他唱披头士的歌就什么时候弹、什么时候唱的话，我们可能就放过他了。但是现在没办法了。

周六下午就应该完成。

首先由苏菲切下他的手指，然后我们会迅速帮他包扎起来，接着会由虔诚的凯用他的送报车把简-约翰送回家，以便于他的父母能及时把他送进医院，好好治疗一下。

周日我们就会把皮埃尔安东叫过来。

第17章

周五下午我们把锯木厂好好打扫了一番。

那是十二月十四日，还有几天就是圣诞节了。不过我们都没空去想这些。我们有更重要的事情要做。

我们窝在这座废弃的锯木厂里已经有四个月之久。锯木屑已经跟泥土、糖纸还有其他垃圾混杂在了一起，不再均匀地铺在水泥地上，而是这儿一堆那儿一堆，地上还有我们玩游戏时或者是找地方坐的时候乱丢的木块。我们的存在对这儿的蜘蛛好像没有什么影响，反而是增加了它们猎食的机会，因为各个角落里都布满了蜘蛛网。那些玻璃窗——还残存的那些——也脏得很。

在关于分工争执了一番之后，我们终于开工了。

弗雷德里克与虔诚的凯负责捡地上的糖纸，欧乐与高个儿汉斯得把那些木块搬到后面去，也就是其他木块堆积的地方。麦珂、爱丽丝和格尔达得爬上爬下把蜘蛛网扫干净。达姆维尔纳、劳拉和安娜-李还有奴颜媚骨的亨里克得尽可能地把窗户打扫一下，丹尼斯则负责把已经破损很严重的玻璃敲掉，以免影响美观。玛丽-乌苏拉和我则用一把从苏菲家里借来的铁耙把那些木屑摊均匀。这座废弃的锯木厂变得甚是温馨。

不过有一点我们却没办法改变：那堆有意义的

物品开始变味了。

一部分是因为灰姑娘在花梨木十字架的遗留物，一部分是那些围着灰姑娘的头和躯体乱转的苍蝇。还有就是小埃米尔的棺材里涌出来的气味特别难闻。

这让我想起皮埃尔安东几天前喊的话来。“一种难闻的气味跟一种好闻的气味一样好！”他已经没有李子可以扔了，为了强调他的话，他边说边拍树干，“发臭的都是要腐烂的东西。可是腐烂同时也意味着会有新生。而新生的部分总是好闻的。因此好闻难闻都无所谓，这都是生生不息的大循环的一部分。”

我没有回答他，跟我一同走的玛丽-乌苏拉和麦珂也没有。我们只是缩缩脖子，加快脚步朝学校走去，根本没有讨论皮埃尔安东喊的话。

现在我站在整理好的锯木厂里，屏住呼吸，突然发觉，皮埃尔安东说的是对的：好闻的东西很快就会变坏。而变坏的东西也正在通往变为好闻的东西的路上。不过我也知道，无论如何我还是喜欢好闻的东西胜过难闻的东西。只不过我不知道要怎么对皮埃尔安东解释。

是结束整个“意义事件”的时候了。

是时间了！早就该做了！最后一刻了！

渐渐也有点没意思了。

不过简-约翰不是。

早在周五我们收拾东西的时候，他就一直在哀怨，欧乐说了好几遍他得闭嘴也无济于事。

“我会告发你们。”简-约翰说。

一下子静了下来。

“你不会告发我们。”苏菲冷冷地说，不过这也没起什么作用。

“我告发你们，”他又重复道，“我告发你们！我告发你们！我告发你们！”他一再重复这几个字像是在唱一首没有曲调的歌。

简-约翰要告密，说我们要他讲给他父母听的故事根本都是编出来的。他找到他父亲丢的那把刀，想要把它从桩子上拔出来时，不小心切掉了自己的手指，这根本就不是事实。

这实在让人听不下去了，所以欧乐大喊他应该闭上他的大嘴巴，否则就会赏他几个耳光。不过这也不管用。欧乐不得不真给了他几个耳刮子，可是这只是把刚才的抱怨叨念变成了干嚎，理查德和丹尼斯不得不拉住欧乐说够了。然后我们就让简-约翰先回家，提醒他第二天中午一点准时到。

"你要是不出现的话，还会被打得更惨。"欧乐在他背后喊道。

"不，"苏菲说着摇摇头，"你要是不出现的话，我们就剁了你整只手。"

我们面面相觑地看着对方，没有人怀疑苏菲只是说说而已。简-约翰也明白。他低下头，一溜烟儿地跑了回去。

周六，差十分钟一点，简-约翰出现了。

这次他没有跑，而是慢慢地，几乎是挪着步子向锯木厂走过来。我之所以知道，是因为我和欧乐在锯木厂这头等着他，双手插在口袋里，在寒风中瑟瑟发抖。如果他自己不出现的话，我们就会去接他过来。

他一看到我们就开始哀叹。我想起当时苏菲失去贞洁时倔强的一言不发的样子，于是就对简-约翰说他应该咬紧牙关闭上嘴巴。真是一个草包！

草包！胆小鬼！简-约翰！

没用。

我们走进锯木厂，他看到板子上的那把要用来把他的手指剁掉的刀时，哀怨声更浓了。他不停地嚎叫着，很难听懂从他嘴里蹦出来的不是单词的声音是什么。不过有一个词我们还是听懂了：

“妈妈，妈妈，”他撕心裂肺地喊，“妈妈！”简-约翰跪到地上，缩在腿中间的双手埋在那些木屑里。可是我们并没有开始啊。

草包！胆小鬼！还不如女生！

嗯，这比可悲还要糟糕，因为简-约翰是班长，而且会弹吉他唱披头士的歌啊。突然他就变成了哇哇大叫的婴儿，让人真想去踹一脚。我们熟悉的简-约翰突然变成了另外一副样子，一副我们完全不熟悉的样子。我在想，是不是在失去贞洁的那个晚上，苏菲就已经认识了这样的简-约翰，虽然那时候他还春风得意。想到一个人可能会有多种不同的面目，我起了一身鸡皮疙瘩。

强大可悲。柔和卑劣。勇敢胆小。根本就探索不完。

“现在一点钟了。”苏菲的话打断了我的思绪，或许最好如此，因为我根本不知道这思绪将飘向何方。

简-约翰发出长长的一声悲吼后在锯木屑里打滚，完全不顾及玛丽-乌苏拉和我才刚刚把那些锯木屑摊得漂漂亮亮。

“爱丽丝、罗莎和弗雷德里克，你们去后面把着门，不要让任何人靠近，以免他们会听到什么。”苏菲不为所动地继续下达命令。

那三人出去把门关上了，然后苏菲又对欧乐和高个儿汉斯说：“现在轮到你们了。”

简-约翰站起来，双手死死抱着木桩不放。欧乐跟高个儿汉斯费了好一会儿工夫才把他的胳膊掰开，然后靠理查德和虔诚的凯一起帮忙才把他拉过来。他反抗得那么厉害。

“好恶心，他尿裤子了。”理查德忽然喊。是真的。

格尔达咯咯笑了。我们其他人看着锯木屑里慢慢形成的一摊印记，满脸的厌恶。

甚至到后面简-约翰躺到木板前面时，大家还是压不住他。最后高个儿汉斯不得不坐在他的肚子上。可是简-约翰还是双手握拳，死活不肯伸出来，不管欧乐跟高个儿汉斯怎么说。

“如果你不把手指搁在木板上的话，我就只能把它从它所在的地方剁下来。”苏菲平静地说。

她的平静让人有些毛骨悚然。可是这还是感染了我们。现在要发生的就是我们为意义而战所要付出的牺牲。所有的人都得付出他应有的贡献。我们都已经完成了。现在轮到简-约翰了。

也没有那么糟糕了。

在简-约翰又开始大声哀嚎时，胡赛因举起刚拆除石膏的胳膊说：“这没什么，不用害怕。一根手指而已。”

“是啊，死不了人的。”骑在简-约翰身上的高个儿汉斯说着把简-约翰的右手向后压到了木板上。

“而且要是不痛的话，”安娜-李也补充道，“那也就没有意义了啊！”

那把刀突然咔一声砍进简-约翰的手指里，我不由地倒抽了一口冷气。我转头望向那双绿色凉鞋。有那么一会儿特别安静。然后简-约翰叫得那么大声，是我从来没有听到过的。我捂上耳朵也不管用。

苏菲一共剁了四次。简-约翰反抗得那么厉害，很难正好对准了。第三四次的时候我也看着。看着那只手指是怎样被剁成一块块的，还是很有意思的。然后就到处都是血，把漂亮的罗莎派出去望风还是很正确的，因为确实喷了很多血。

感觉过了好久好久之后，一切戛然而止。

苏菲慢慢直起身子，用锯木屑把那把刀抹了抹，插到了一边的木桩子上，之前它也是插在木桩子上的。然后又在牛仔裤上蹭了蹭手。

“好了。”然后她走回去找那根手指。

达姆维尔纳和麦珂把简-约翰的手简单包扎了一下，虔诚的凯把送报车推到门前。因为简-约翰已经站不起来了，所以高个儿汉斯把他背了出去，放在了车里。

简-约翰哭到差点要窒息了，还有他裤子后面的一摊棕色的印记臭烘烘的。

“不要忘了，你是下一个做决定的。”欧乐为了安慰他这么喊道，虽然已经没有下一个了。

除非说，他想的是皮埃尔安东。

虔诚的凯跨到自行车上，载着哇哇大哭的简-约翰一路颠簸而去，画面相当搞笑。

第18章

我不知道，如果简-约翰没有告密，结局会是怎样。所以在我们还没能把皮埃尔安东带到锯木厂之前，警察就已经过来了。

他们来的时候，我们还在那儿。所有的人。

之后他们写信给我们的父母说，他们除了二十来个平凡到不能再平凡的七年级学生之外，还发现了一堆臭烘烘的、奇形怪状、阴森森的东西，包括一颗被砍下来的狗头，一副小孩子的棺材，可能里面还有尸体（因为是物证，所以他们还没有动那副棺材），一根血淋淋的手指，一座被亵渎的耶稣雕像，一面国旗，一条泡在福尔马林里面的蛇，一条礼拜毯，一对登山杖，一架望远镜，一辆黄澄澄的自行车，等等。

“等等”这两个字让我们觉得很受辱，好像它们的价值能用“等等”来表达一样。

还有其他的。其他许多。许多其他不能提及的东西，至少不是这儿，不是现在。

我们根本没有机会反驳，但是暴风雨来了。

没有人觉得应该顾忌到还有八天就过圣诞节了。

我们大部分人都被关在家里不准出去，有些人还被痛打，胡赛因又住进了医院，简-约翰也还住在那儿。他们还算是幸运，被分进了同一间病房，所以还能躺在床上说说话。我就只能躺在我屋里的床上，望着条纹墙纸发呆。从警察周六下午把我带回家并把那封信交给我父母那一刻起，直到周一早上我才被允许去学校，而且被规定，下课后立马回家。这才仅仅是个开始。

在学校里也是各种批评教育。

我们很倔，不服软。确切说是几乎不服软，还是有几个哭着请求原谅的。亨里克这个奴颜媚骨的家伙抽泣着说，这都是我们其他人的主意，他根本就不想参与那些事情的。更加不愿意去偷那条泡在福尔马林里面的蛇。

“请原谅我，请您原谅我。”虔诚的凯嚎啕大哭，以至于让人听着都难受，最后欧乐狠狠地掐了一下他的大腿。

“对不起，我再也不会了。”弗雷德里克笔挺地坐在椅子上，像是在军训一样，直到旁边的麦珂用手里的圆规针头戳了他一下为止。

苏菲鄙视地看着一个又一个的叛徒，她自己淡定得很。在艾斯基德森连续不断地责骂了我们三十八分钟，最后用手捶着讲台大声问这到底是要干什么之后，她给出了答案。

“意义，”她好像在对自己点头，“您没有教我们啊。所以我们现在自己找出来了。”

苏菲立刻被叫去了校长办公室。

据传闻她在校长那儿也重复了这句话，然后校长暴跳如雷地呵斥她放学后留校，整个校园里都能听得见。

当苏菲又回到教室时，她的眼里闪耀着一股异样的神采。我观察了她很久。除了脸颊上的一丝红晕，她整个人惨白得可怕，却带着那么一副坚定不移的神色，甚至有一丝冷酷，可是也好像她在为了什么燃烧自己。我并不清楚这具体是什么，可是我知道，这是有意义的。我下决心不能忘记这一点，无论还会发生什么。有什么在燃烧，但那却不是那堆有意义的物品上的任何一件，也不是我能够对皮埃尔安东解释的。

在课间休息时我们跺着脚讨论接下来该怎么办。

天已经很冷了，手套和帽子也就管一会儿用，校园里的柏油马路上积了一层薄薄的雪泥，弄得我们的靴子又湿又脏。不过我们没得选。午间休息的时候我们不准回家，这是对我们的惩罚的一部分。

一部分人认为我们应该把事情的来龙去脉讲一遍，说明白那都是皮埃尔安东的错，然后把东西还回去。

“这样一来我就能再去升旗了。”弗雷德里克充满希望地说。

“我就可以去教堂了。”虔诚的凯插了一句。

“可能这真的是最好的选择。”塞巴斯蒂安看起来已经在憧憬又能够去钓鱼的感觉了。

“不！”安娜-李大喊，她又把我们震惊了，“这样一来一切就都没有意义了。”

“而且我的小奥斯卡估计再也回不来了啊！”格尔达怒气冲冲地说，她是有道理的。在十二月三日第一个霜冻的那个夜里，小奥斯卡估计也是这么想的。

“可怜的灰姑娘。”爱丽丝叹了口气，想着那只狗可能就这样白白丧命了。

我什么也没说。时下正值隆冬，我对半高跟的凉鞋并不是很期待。

那一刻我们还是团结一心的。因此当苏菲朝着柏油马路吐的一口痰恰好落在虔诚的凯的蓝色靴子前时，得到了我们所有人的叫好。

“你们这些软蛋！”她怒吼，“你们就这么轻易放弃了？”

弗雷德里克和虔诚的凯羞愧地用脚后跟在柏油

路上蹭来蹭去。塞巴斯蒂安瞬间显得矮小了一些。

“可是现在我们已经被骂得很惨了，毕竟我们也已经做了一些不被允许的事情。”弗雷德里克小心翼翼地开口道。

“锯木厂里的东西难道不是意义吗？”

苏菲一眨不眨地盯着弗雷德里克的眼睛，直到他垂下眼帘，点点头。“如果我们放弃了意义，那就什么都没有了！”

没有！什么都没有！消亡！

“我们达成一致了吗？”她逐一扫视了我们一遍，感觉她更加怒火中烧了，“意义难道不比所有其余的一切都更加重要吗？”

“当然。”欧乐说着并趁机用力推了弗雷德里克一把，差点把他推倒。

我们其他人也都点头，嘟囔着说同意。其他办法根本就不可能啊，因为本来也就如此啊。

“现在就只剩下一个问题了，”苏菲继续说，“我们应该怎样把那堆有意义的物品展示给皮埃尔安东看？”

她不需要解释那个问题。警察已经把锯木厂以及那一堆物品封锁起来了，作为物证。我们大家也都有门禁。

上课铃响了起来。我们只能在下一个课间再继续讨论。

苏菲自己想出了前一部分问题的答案。

“如果我们走运的话是可以绕过警察的封锁的，”她说，“不是在马路边锯木厂的入口处，而是在锯木厂背面的墙上有一扇天窗。警察没有在这一边把守。如果我们能弄到一把梯子，就能从那边爬进去了。”

门禁这个问题就没那么好解决了。在这个节骨眼儿上，没几个人会有兴趣再去激怒他们的父母。

“或许我们可以让皮埃尔安东自己去锯木厂里面

看看。”理查德建议说。

“这根本不可能，”麦珂说，“他会觉得我们想要困住他。”

我想到了一个主意。

“如果说报纸上报道我们以及那堆物品的故事会怎么样呢？这肯定会勾起皮埃尔安东的好奇心，然后他会过去看看的吧？”

“可是我们怎么说服《泰艾瑞日报》来报道我们的事情呢？”欧乐略显挖苦地说，“因为我们的名字还有年龄，警方对整个事件是保密的呀。”

“我们可以自己打电话给报社啊，装作是某些听说耶稣雕像被玷污以及其他一些事情而被激怒的市民。”想到这个我笑了。

“你不准说‘其他一些事情’！”格尔达喊道，她肯定想到了小奥斯卡，它现在正僵直地躺在那堆物品上它的笼子里。

“我是不会打电话的！”

“那谁打？”

我们面面相觑。我不明白，为什么忽然之间大家都朝我望过来，不过这种事情大半都是因为管不住嘴而惹出来的。

闭嘴，安静，别说话。

我恨不得把舌头咬掉。

在当天下午我没有一分钟是单独待在家里的，第二天也是。到了第三天终于有了机会：我的哥哥去踢足球，妈妈得去买菜。还没等到我妈妈转过弯去，我就奔到厨房里，按下了电话号码。

“泰艾瑞日报。”话筒边传来的是一位女士略显严肃的声音。

“我想跟总编辑谈谈。”我说，因为我不知道，除此之外我还能找谁。在听筒上我盖了一件毛衣。

“我应该报谁的名字呢？”那位女士的声音显得

太过好奇。

“荷达–胡尔德汉森。”这是我脑海里闪现出来的唯一的名字，虽然我立刻就后悔了，因为这个事件是应该匿名处理的。好吧，那是牧师的妻子的名字，不是我的，所以其实也无所谓。至少我是接通了总编的电话。

“萨博尔格。”他的嗓音低沉丰厚。

这声音立刻安抚了我的情绪。听起来很友好亲切，像是我爷爷一样。我开始了。

“我是荷达–胡尔德汉森，我希望您能对我们的谈话内容保密，不过我觉得你们务必得对这一事件加以报道。”我深深吸了一口气，一副非常激动的样子，“嗯，您肯定听说了前段时间我们的教堂以及周遭发生的那些可怕事件了。首先是墓地被人糟蹋，而且偷走了两块墓碑，然后我们十字架上的耶稣像又被偷走了，还是在一个周日。”我又大声吸了一口气，“可是您肯定还没有听说现在这些宝贝又被找到了。一起被找到的还有一副小孩的棺材，可能里面还有东西。除此以外，还有一条泡在福尔马林里的蛇、一辆黄澄澄的自行车以及——”我降低了嗓音，“一条头被砍下来的狗以及一只死掉的仓鼠，一根血淋淋的手指以及许多其他物品。当然还有一双绿色的凉鞋。”最后这件东西我没办法忍住不说，虽然不是很明智。幸亏主编并没有特别在意这一句话。

“这太可怕了！”

“是啊，简直毛骨悚然，不是吗？就在郊区那座废弃的锯木厂里，还传闻那是一帮孩子弄的，说是把那些——我该怎么说呢——那些东西搜集起来，因为它们代表着意义。嗯，在那座锯木厂里貌似真有一堆充满意义的东西！”我从牙缝里吸了一口气，嗞嗞作响。

那位主编反复说这真的是一件骇人听闻的事件，

可是他说现在圣诞节将至，他实在抽不出人手来。不过在他挂电话之前，他又确定了一遍荷达-胡尔德汉森所说的那座废弃的锯木厂是否是在泰艾瑞边上的那一座。

我想那位主编估计认为整个故事就是彻头彻尾的谎言。不过我希望能引起他的好奇心，让他派一位记者去调查这件事。保险起见我立刻给苏菲打了电话。让她注意一下是否有人去锯木厂那边查探。

学校举办了圣诞庆祝会（不允许我们参加），十二月二十三日来了（现在我们的父母也慢慢心软下来），然后就是平安夜（我们长舒了一口气，因为我们发现我们得到的礼物并没有比我们乖乖的兄弟姐妹们或者是比往年得到的少）。但是直到我们在元旦的前一天在报纸上读到“妖魔们已经找到了通往泰艾瑞的路”时，圣诞节才真正来临。

那些妖魔，是我们。

在第三版上详细描述了那堆有意义的物品。

为了能保证我们匿名，我们的名字没有被提到，上面只是说，怀疑是泰艾瑞小学某个毕业班的学生做的。虽然皮埃尔安东依然没有出现在锯木厂附近，我们还是很自豪的。在一月四日学校又开学时，我们个个腰板儿挺得笔直，一脸严肃地穿过了校园。毫无疑问，我们知道了一些平行班或者我们下面几级的学生们不懂的东西。许多人也试图追问为什么，我们只是说我们找到了意义，别无多言。那是苏菲下的指示。我们只能说那是意义，别无其他，我们都严格遵守这一点。

“我们找到了意义。”

我们也是这么回答我们的老师、家长、警察以及所有其他想要一再询问为什么的人。

其他各大媒体过来报道时，我们也是这么回答的。

第19章

西岸报社的记者是第一个出现的。然后就是地方报社的记者们。之后首都的媒体以及其他州的大型媒体也都争先恐后地涌过来。最后周报记者以及当地电视台记者都过来了。

他们意见不一致。

最初过来的两家报社记者同《泰艾瑞日报》意见一致，认为这是社会毒瘤。我们很难被教育，因此应该把我们送去青少年教养所。之后的两家报纸却是出乎我们意料地开始扯一些艺术以及生命意义之类的东西，最后来的几家也跟前面的大同小异。没过多久就已经掀起了一股支持还是反对的讨论热潮。

支持！反对！支持乘以反对！

我们不太能理解那帮人义愤填膺的言辞，不管他们是支持还是反对，也无法理解为什么现在全国人民，尤其是首都人民蜂拥而至，之前他们可是对泰艾瑞以及周围的城市一点兴趣都没有啊。事实就是，关于那堆有意义的物品或支持或反对的言辞以及影响力越来越大，也就是意义越来越重大。但是更加重要的是：警方迫于媒体以及源源不断涌过来的各路人群——艺术评论员，还有一小撮其他有头有脸的人物，当然也有一些普通人——的压力，同意开放锯木厂，每天的参观时间为中午十二点到下午四点。

现在皮埃尔安东想来看看这堆有意义的东西可就简单得多了。

我们没料到的是，皮埃尔安东不想过去。“无所谓，根本就没有有意义的东西。你们那堆烂东西也是！”他就给了这么几句话。

不管我们怎么说，就是劝不动他。每次我们试图诱惑或胁迫他时，他的答案都是：不！

我们真是受够了。

嗯，我们失望到差点就丧失了要继续行动下去的勇气，因为所有的一切，小奥斯卡、贞操、灰姑娘、简-约翰的手指、小埃米尔、国旗、玛丽-乌苏拉的蓝色的头发，以及其他所有那堆有意义的东西上的物品，这样一来就一点意义也没有了啊。即便是有越来越多其他人认为这一堆东西是有意义的，也无济于事，即便现在那些大人们——不管是警察还是我们的父母——不再对我们侧目而视，也无济于事。

我们还是一再地尝试。

或者是一个个来，或者是一组组来，或者是整个班级的人一起（除了虔诚的凯之外，他该死地去了教堂做义工，而且还得接受比我们都要多一个月的门禁）。没用。就算瑞典的，挪威的，其他北欧国家的，以及整个欧洲的，以及美国的，最后甚至是全世界的媒体都过来采访，也没有用。最后我们都出名了。

而且是不管皮埃尔安东怎么说！

当《泰艾瑞日报》报道我们的事情时，我们是很紧张的。当全国性媒体也过来进行报道，而且对那堆有意义的物品激烈争论不休时，我们的感觉已经非常棒了。当全球媒体出现在我们这儿时，那感觉才真正是不可置信以及意义非凡的。通常泰艾瑞的一月都是很无聊的。而今年的一月可以再长一些，长到没有尽头。

一月。

一月。

一月。

一月。

一月份延长到二月，直到狂欢节，到了三月一日还是一月份。

我们一直在被拍照。前面、后面、侧面、斜上方、斜下方。为了捕捉到最美的微笑、最睿智的皱眉，以及最伟大的姿态，记者们一刻不停地跟在我们后面。他们随时随地都可能会过来摁我们家的门铃，各国电视台都派记者在我们学校门口架起了摄像机，我们进进出出时他们就开始摄影拍照。就连简-约翰也非常满意，勇敢地朝摄影师伸出了他手上的绷带。这样那根缺失的右手食指就在全世界成为了永恒。

不过那些记者以及摄影师的焦点还是在那座废弃的锯木厂里，想要用他们最独特的视角去诠释这个现象。

那堆有意义的东西就这样慢慢出了名。

给所有人都留下了深刻的印象。

所有人，皮埃尔安东除外。

第20章

“这些东西我早就见过了！”皮埃尔安东大喊，嘴里冒出来的白雾像是一朵云慢慢飘到了他抓绒帽的上方，“现在这是特大新闻，全世界的目光都聚集在泰艾瑞。可是下个月泰艾瑞就会被遗忘，全世界的目光又聚集到其他地方去了。”

皮埃尔安东不屑地朝人行道吐了一口唾沫，不过没波及我们。

不管是他的唾沫还是他的言论。

“闭嘴！”简-约翰义正言辞地说，“你根本就是嫉妒！”

“你根本就是嫉妒！你根本就是嫉妒！”我们其他人兴高采烈地响应着。

我们出名了啊，没什么能超越我们的。

没什么能超越我们，因为我们出名啊！

那是第一份英文报道刊登出来的第二天，皮埃尔安东不能跟我们共享这份荣耀和意义是他自己的错。还好我们是无所谓的。他不去锯木厂，不愿意去看那堆有意义的东西我们也无所谓。

完全的，彻底的，一点都无所谓。

还有对那些反对我们以及那堆有意义的东西的人，我们也无所谓，不管是在泰艾瑞本地还是在媒体上，或是其他任何地方。因为有越来越多的人给予我们支持。不可能那么多人都弄错了吧。

很多！更多！真理！

我们被邀请去亚特兰大参加一档将在全美以及全球都能看到的电视节目，这也不会让真理受损。

每一个泰艾瑞的人都在讨论，学校是否应该让我们去美国。对那些反对我们的居民而言，这根本是想都不用想的。让我们去美国，然后在全世界面前丢我们的脸，也就是泰艾瑞全体居民的脸，这是绝对不允许的。但其他的居民对那份发来的邀请，对我们以及整个事件都非常骄傲，因为泰艾瑞还从来没有受到过这样的关注，不管在哪一方面。

尽管如此我们还是不能去。

因为支持的人越多，就有越多的人认为得好好看护我们以及那堆有意义的物品。不管那边电视台的工作人员怎么说，在这儿也不能确保我们在大西洋的另外一边不会出什么事故呀。

我们有些遗憾。不过也不是特别遗憾。因为我们得被好好照看这件事情本身说明我们的意义越来越重大。我们是这么认为的。

直到，直到时间来到了二十五日。

那是周一的清晨，天还很暗，很冷，大风，这种天气去学校上学真不是一件愉快的事。要是因为有意义的物品这个事件我们不用去上数学、丹麦语、德语、历史、生物以及其他无聊的课程就好了。我跟玛丽-乌苏拉、格尔达以及达姆维尔纳一起顶着风在讨论是否有可能因为我们意义过于重大，美国电视台的那位女主持人会亲自到我们这儿来，即使我们去不成美国。

达姆维尔纳对此确信无疑。

“当然，”他说着还点点头，“她肯定会过来的。”

我也觉得应该是这样。当我们还要继续讨论这期访谈节目应该在哪里录制，以及我们应该穿什么服装时，皮埃尔安东打断了我们。

“哈，”他从树枝上朝下大喊，声音轻而易举掩盖了风声，“说得好像不让你们去美国是出于对你们安全的考虑一样！哈哈！”他大声地笑着，“与其让你们去美国接受访谈，还不如让记者、摄影师们继续来这里住旅馆或者租赁场地，泰艾瑞会多赚多少钱呢？他们还得吃饭吧，还得买啤酒买巧克力买香烟吧，还得让人家给他们补鞋底吧，还有多少其他花费呢。哈哈！你们怎么能这么蠢呢！”皮埃尔安东在风中甩动着他的帽子，像是在为他的大笑助威。

“笑到最后的人才笑得最美！”玛丽-乌苏拉大喊，“就等着吧。如果这起有意义的事件不去美国进行电视访谈的话，访谈节目自然会来这边！”

“是，”皮埃尔安东大笑，“非常正确。笑到最后的人才笑得最美！”他笑的声音那么大，让人感觉这个论点是确凿无疑的。

哈哈！吼吼！我说对了！

不管皮埃尔安东是不是真了解他在说什么，或者他就是猜测的——反正他是说对了。

关于登上美国电视台在全球播放这件事情不了了之，因为虽然我们是非常重要，意义非凡的，但那位电视节目的女主持人显然更加重要，更加意义非凡。所以她没有时间飞到泰艾瑞来跟我们访谈。

这就已经够糟糕的了。

但是更加糟糕的是，这样一来一份小小的质疑在我心头蔓延开来，是不是皮埃尔安东真是有道理的：意义是相对的，所以根本就没有意义。

我没有跟任何人提及我的疑惑。

我有点担心苏菲，但还不止这一点。

那份荣耀以及对意义的坚信是很美妙的，我也不想去质疑这一点，要不然的话就只剩下空虚了。所以我还是在继续参与，觉得整个事件都是非常令人骄傲，意义非凡的，就像是我真的找到了意义所在，而且完全都不怀疑一样。

装出这副样子一点都不难。当然还是会有反对声，不过讨论如此激烈，反而可以断定这整个事件绝对是特别特别重要的。重要就相当于意义。非常重要当然就是具有非凡意义了。

而且我也真只有一点点怀疑啊！

一丁点儿，更少，完全没有。

我们在本地以及全世界的媒体中都赢得了意义之争这一战。

只是，这份胜利感觉却像是失败了一样，有点奇怪。

第21章

纽约的一家大型博物馆的提议决定了整个事件的走向。它的名字缩写是一连串奇怪的字母组合，读起来感觉是小孩子还不能正常讲话发出的声音一样。不过不管它的名字多么拗口，当它出价三百五十万美元购买这堆有意义的东西时，所有的讨论都戛然而止了。

所有的人都突然意识到，那堆有意义的物品是艺术品，只有愚昧无知的人才想不到这一点。甚至是那位《西岸报》著名的艺术评论员都改了口风，说是他又仔细查看了那堆物品一番，觉得这堆物品真是天才之作，代表着最新最具有原创性的对于人生意义的解读。第一次他只能从前面稍微看到一点而已，他写道。

三百五十万美元，这还真是不少钱啊，我们都在想，其实也没搞清楚这到底是多少。通过咨询那位为我们聘请的法律顾问，我们坚持认为那堆有意义的物品价值三百六十万美元。如果说能卖得贵的话，绝对不能便宜出售。最后我们要价三百六十二万美元，这样正好能支付教堂耶稣雕像的费用，毕竟我们也还不回去了啊。

那家博物馆接受了，就这样。

这样我们就只剩下确定最后他们过来运那堆有意义的物品的日期。

要把这堆东西运出境，肯定需要签署很多文件以及申请很多许可证。可是尽管今年春天特别冷，那堆有意义的东西里面会变质的东西还是在一天天腐烂。最终那座博物馆敲定了四月八日这个日子，就在四周半之后。然后博物馆的工作人员以及他们的律师还有全世界的媒体工作者，当然也包括我们国内的记者，就都会撤离泰艾瑞。泰艾瑞就会又恢复到原来的样子。

无聊，更无聊，最无聊了。

特别的蹊跷。

我们找到了意义，也就是整个事件的意义。所有各路专家都在解释为什么那堆有意义的物品是那样的有意义。一家美国的博物馆甚至要支付好几百万美元购买它。尽管如此还是感觉没有人对它再感兴趣了。我们迷茫了。

那要么就是一堆有意义的物品，要么就不是。

既然现在所有人都一致认为那是有意义的，那么它就不可能突然又没有意义了啊。否则呢？

我们继续上学放学，不过再没有记者没有摄像头跟随我们了。我们去那座废弃的锯木厂，那堆有意义的物品还是老样子（当然小埃米尔的尸体已经被抬出去，安置在了另一副棺材里被重新埋葬了。那副新棺材现在在墓穴里肯定也已经有了裂痕，不过这些从外面是看不到的嘛）。

什么都没变，只是那堆东西好像小了些，是错觉吗，不是吗？

事实却是，那荣耀非凡的一月份，那些随之而来的意义，都在三月的第一个星期烟消云散了。

皮埃尔安东笑得很欢。

“意义就是意义。如果说你们真正找到了意义，那你们就应该一直拥有啊。全世界的人就应该还在这儿啊。但是他们不在这儿啦。不管你们找到的是什么，反正不是意义，因为它根本就不存在！”

我们尽量装出一副对他的话无所谓的样子，一副我们还是很重要，出了名的样子。

起初我们演得那么好，以至于我们自己都信以为真了。当然我们时不时会读读剪下来的报道，看看我们父母录下来的对我们的电视访谈，这还是有帮助的。可是渐渐地我们感觉那些剪报已经褪色了，而那些访谈就像是用于消磨时间的喜剧片一样，感觉皮埃尔安东对付我们越来越驾轻就熟。

疑惑渐渐蔓延开来。

一个人，两个人，几乎所有人。

这是背叛，我们从来不谈这个。只是从脸上慢慢消失的笑容，以及那副越来越神似成年人的表情，略见一斑。它们都太过清楚地见证着或许真的没有什么有意义的东西。

苏菲是唯一一个立场依然特别坚定的人。也多亏她那惨白的脸颊还有燃烧着的双眼阻止了我们缴械投降。

嗯，并且承认皮埃尔安东是有道理的。

第22章

已经是春天了，可是今年春天却没有来到我们这儿。

我们要升八年级了，很快我们就得选择新的学校新的专业。到底该怎样了结跟皮埃尔安东——那个一直提醒我们没有什么有意义的事情的家伙——的纠纷，我们是真不知道。很快我们就会奔赴各处，也就丧失了跟意义的关联，我们曾经找到却又失去的意义，而且还不是特别清楚这一切到底是怎么发生的。

好像要跟我确认春天真还没有来似的，三月份的天气还继续在飘雪。飘雪，融化。再飘雪，再融化。又下了一场雪，又融化了。这次节奏快了些。雪花瓣儿还有菟葵被封锁在了白茫茫的大地之下，冻僵了。不过在最后一层冰雪融化之后，它们又焕发了勃勃生机，在那些熬过了寒冬的草杆儿之间，昭示着新的开始和春天的到来。

我们 7A 班的人却既没有看到新的开始也没有感觉到春天的到来。

如果说不久之后就又是秋天，现在才焕发新生的植物们又将会凋零，那春天又有什么意义呢？我们怎样为才冒出新叶的山毛榉，为返乡的琼鸟，为日渐高升的太阳感到开心？这一切很快就会变了模样，朝另外一个方向发展啊，很快就会又黑又冷，看不见鲜花，没有了绿叶。春天除了提醒我们，我们自己也很快就会消亡之外，没有什么好处。

每一次我抬起胳膊，就会想到它马上又会落下来，最后只会化为乌有。每一次我微笑大笑，脑海里就立刻闪现出我用相同的嘴，相同的眼睛大哭的样子，直到有一天那双眼睛永远闭上，其他会笑会哭的人也同样终归尘土。只有恒星的运行轨迹是永恒的，而就连这个观念也被皮埃尔安东打破了，因为有一天他朝我们喊道，宇宙本身也一直在缩小，终将有一天所有一切都会撞到一起，上演无可逆转的大爆炸。所有一切会被压缩得那么小，小到虚无缥缈。甚至想想星空这一件事都变得令人难以忍受。所有一切都是如此。难以忍受。

去忍受。忍受，所有，没有，完全没有。

我们到处游荡像是我们根本就不存在一样。

日复一日。虽然我们整个星期都在期待周末，周末还是让人失望，然后又是周一，一切周而复始，这就是生活，别无二致。我们开始理解皮埃尔安东的话。我们开始理解为什么成年人会是那么一副样子。虽然我们发誓决不要变成他们那副样子，却还是变成了那样。可是我们连十五岁还不到。

十三岁，十四岁，成年，死亡。

现在我们从泰艾瑞街25号那棵弯曲的李子树旁经过时，只有苏菲还会反驳皮埃尔安东的言论。

“现在这样就是未来！”皮埃尔安东挥着手大喊，像是要对我们表明，该做的事情都已经做过了，留给我们的就只有泰艾瑞和那些没有意义的东西。

我们其他人都低下了头。苏菲没有。

“未来是要我们去塑造的。”她大声喊回去。

“胡说，”皮埃尔安东又喊，“根本就没有什么可以塑造的东西，因为不存在有意义的事情！”

“很多事情都有意义！”苏菲愤怒地朝他丢了一

把石子儿，有些击中了他，但看起来他一点都不疼，“有本事一起去锯木厂，你就会意识到有多少有意义的东西。”

我意识到，苏菲不光这样讲，她也是这样认为的。

那堆有意义的东西于她而言就是意义，或者我应该说，那堆有意义的东西现在只对她有意义，对我们其他人已经不再有了。

“你们那些破烂儿根本就没意义！否则全球的媒体就还会待在这儿了，否则全世界的人都会来泰艾瑞朝拜，分享意义了。”

“你之所以不想看那堆东西，其实就是因为你不敢！”苏菲扯着嗓子喊。

“要是你们那堆烂东西有那么一丁点儿意义的话，我早迫不及待过去了。”皮埃尔安东趾高气昂地说，然后却用略显谦恭，几近带些可怜的语气继续说："但是它们没有，否则你们不可能会把它们卖掉吧？"

自从发生贞操事件以来，我第一次在苏菲的眼里看到泪水。

她迅速用力把它们抹掉，动作那么快，以至于我怀疑是不是看花了眼。她没有回答皮埃尔安东。从那之后她都是绕道去上学了。

到四月八日还有一个礼拜。

只有一个礼拜的时间，然后那家博物馆就会把那堆有意义的物品打包、封箱、寄到美国去。

只有一个礼拜，然后皮埃尔安东就会永远有道理了。

我们大家都无声地放弃了，可是如果苏菲也放弃了的话，那还是令人难以接受的。就快要发生了，我想。可是苏菲没有放弃。苏菲失去了理智。

第23章

事情发生得很突然。不过在我们仔细回想了一下之后发现，其实这已经酝酿了很长一段时间了。就在刚刚，苏菲还平静友好地跟我们一起站在锯木厂里，下一秒钟她就突然发起狂来，用头使劲撞那些柱子，用脚把那些木屑踢到那堆有意义的东西上。要不是欧乐和高个儿汉斯及时抓住拦下了她，她可能就爬上去把那些东西摔烂了。

那是博物馆的工作人员要过来运东西的前一天，也就意味着意义——或者说是现在还剩下的那些什么东西——从此永远离开了泰艾瑞。

“这不是他们的，是我们的意义！”苏菲喊着，这会儿我们才意识到这是苏菲六天来说的第一句话。

“我们把它卖给他们了啊！”

“意义不能卖！”苏菲攥着拳头用力捶打欧乐的胸腹部，我能看出这很疼。然后高个儿汉斯就抓住了苏菲的胳膊，把它们扭到身后去，现在轮到苏菲疼了。

我知道，苏菲说得有理。

意义不能卖。要不然就有意义，要不然就没有。我们卖了那堆有意义的东西，那堆东西就失去了意义，如果说那堆东西曾经有意义的话。这个问题我不会问，因为如果真没有的话，那就不是苏菲，而是皮埃尔安东说得有道理了。

“现在我们已经卖了，已经定了啊！”从欧乐说这句话带出的怒气我就知道，他也明白了我们不应该这么做的。

“可是这样的话它就没有意义了啊！”苏菲喊。

“苏菲，够了，现在！那堆东西本来就无所谓啊！”高个儿汉斯喊道。我想说用博物馆付的钱他随时都可以买 辆比原来那辆黄澄澄的自行车更好更新的自行车，他当然可以无所谓了。

“如果那堆东西没有意义的话，那也就是皮埃尔安东说得有理，没什么东西是有意义的！”苏菲立刻反驳道。

“没有任何东西！”

“苏菲你闭嘴。”格尔达说。

“是的，苏菲，闭上你的嘴巴。”这次是简-约翰。

“闭嘴，苏菲。”爱丽丝、胡赛因、玛丽-乌苏拉、虔诚的凯还有好多其他人都异口同声地说。

但是苏菲就不闭嘴，声音反而更大了。

“没有任何东西!”她喊着，“没有！没有！没有！没有！没有！……”

苏菲喊啊喊。她喊得那么撕心裂肺，以至于我的耳朵嗡嗡作响，感到一股渗入骨髓的寒意。但是更加糟糕的是，在这些叫喊声中感觉所有东西都变得支离破碎了，好像是那堆有意义的东西真的没有了意义，这样其他所有的一切也就没有了意义。

春天，夏天，秋天，冬天，喜悦，悲伤，爱，恨，出生，生命，死亡。

所有都一样啊。

一样，同样，什么都没有。

不仅是我看透了这一点。

在看透之后，感觉像是我们所有人都被魔鬼降服了。

胡赛因给了玛丽-乌苏拉一拳，因为要他上交礼拜毯是她的点子。高个儿汉斯踢了胡赛因一脚作为对自行车事件的感谢。爱丽丝对欧乐又抓又咬，用尽她的所能。玛丽-乌苏拉开始对爱丽丝下手。苏菲抓住了高个儿汉斯的头发，我看到好几缕被扯了下来。简-约翰把苏菲扑倒在地开始对其拳脚相向。虔诚的凯也一起上，因为偷耶稣雕像和十字架的主意也是苏菲想出来的呀。弗雷德里克给了麦珂一个耳光，然后两个人撕扯着在木屑里滚来滚去，直到麦珂站了起来，因为达姆维尔纳朝着弗雷德里克的肋骨踢了一脚。现在麦珂开始对付格尔达，而达姆维尔纳则被安娜-李摔到地上，直到小英格利特拿着她的一根登山杖在她头上敲了一下，然后亨里克就拖了另外一根过来把小英格利特推倒了。

然后我就什么都看不到了，因为格尔达从后面跳到我背上，我一个趔趄趴倒在地，格尔达把我摁住，就这样我们也跟其他人一样在木屑里面扭打起来。出拳不是很专业，可是够狠。我抓住格尔达的头发，她扯着我的。然后格尔达就摸到了我的耳坠，一个劲儿往下扯，我疼得扯着嗓子大喊。不过当她手里拿着我的耳坠有点吓到的样子坐在那儿时，我趁机一把推开她跳了起来。我摸了摸耳朵，全是黏糊糊的血，很恶心。我扫了一眼，那些扭打在一起的躯体上也都是血，还有正从脸上淌下来的，在木屑上，在水泥地板上留下越来越多的血渍。

那种感觉，像是我们要把彼此打死。

我突然意识到，我必须得把皮埃尔安东喊过来。

我用力一蹬，就摆脱了格尔达试图握住我小腿的手。然后我用力穿过撕扯在一起的人群，冲出门沿着公路往市里跑去。

我跑，尽全力跑。

我还从来没有这样不要命地跑过。我喘了一口气，胸口两侧生疼，还有脖子疼，腿也疼，但我还是继续跑。我不知道得说什么才能说服皮埃尔安东跟我去锯木厂。我只知道我应该，想要，并且必须把他带过去。

皮埃尔安东正坐在李子树的大树干上，望着远方发呆。

我从老远处就能在那些绿色的嫩芽之间分辨出他那件蓝色的套头衫。我一直跑到那棵树跟前，猛地停了下来，一时间根本说不出话来，只是干咳着大口喘气。皮埃尔安东惊讶地看着我，开始拿我累得不行的样子取乐。

“艾格尼丝，我这是何等荣幸啊？”他友好地说，明显带着一丝戏谑的口吻。

我不管他的戏谑。

“苏菲疯了，”我稍微恢复一点之后，立刻结巴着说，“大家都失去理性了，你务必得去看看。”

为了能够说服他，我还准备继续大谈特谈一番，虽然我并不知道讲什么。不过皮埃尔安东已经一言不发地顺着树干往下滑，又停了一小会儿之后就蹦到了草地上。他消失在院子里，一会儿骑着他的男式自行车又出现了，他蹬得那么快那么用力，我根本就不可能跟上。

当我到了锯木厂的时候，皮埃尔安东的旧自行车躺在路沟里，他的人却不见了。周围一片死寂。

我小心翼翼地打开门走了进去。

展现在眼前的是一片令人不寒而栗的景象。

7A 班的人绕着皮埃尔安东围成半圈。

有的人鼻梁骨被打歪了，有人眉毛少了一半，有人牙齿缺了，嘴唇裂开肿了，还有两个人感觉站都站不直了。

所有人身上都粘着木屑带着血迹。但那不是我所看到的，我看到的是赤裸裸的仇恨。

仇恨，更多的仇恨，所有人对所有人。

我带上门，从锯木厂的侧面挤了进去。

皮埃尔安东把所有人挨个儿审视了一遍。

“你们就是一群蠢蛋！”他大喊，摇摇头往前迈了一步，“如果不存在有意义的事情，那也就没有值得生气的东西！如果没有值得生气的东西，那就不应该相互争夺殴打！”他又扫视了一圈，像是要求在场的人反驳他，“那么你们这是在做什么呢？”他看看那些木屑。然后朝那堆有意义的东西所在的方向看过去，冷笑着说：“你们就因为这堆破东西互相殴打？”他满脸不屑地指指那个方向，不过他的目光却在某处定住了，虽然不好说到底是哪里。

皮埃尔安东又靠近了一些，慢慢绕着那堆东西走了一圈。他盯着小埃米尔棺材上灰姑娘那已经腐烂的尸体看了好久。然后仰头又对着最上面灰姑娘的头颅观察了好一阵子，之后视线又从望远镜移到丹尼布洛，到十字架上被亵渎的耶稣，到拳击手套，到福尔马林里的蛇，到那六根蓝色的辫子，到那辆黄澄澄的自行车，扫过那块礼拜毯到那对登山杖一直到死掉的小奥斯卡以及简-约翰已经僵硬的食指。然后他看到了些他不太懂的东西。“这是块什么抹布？”他指着那块方格手帕说。

“这是意义！”苏菲歇斯底里地喊，“这是意义！”

皮埃尔的目光从她身上转到我们身上。他好像在遏制着自己。

“啊哈，这就是意义咯！”他怒不可遏地喊着，抓住了苏菲。他抓着她的肩，使劲摇，直到她不再喊为止。“所以你们把它卖了？”

“意义。”苏菲嘟囔着。

“意义，哈！”皮埃尔满是讥讽，“如果说这堆破烂东西真有意义，那到你们收到付款的那一天也就会结束了。”他又笑了，放开了苏菲，看向格尔达，“小奥斯卡值多少钱，格尔达？多少？”

格尔达没有回答，只是羞红着脸垂下了眼睛。

皮埃尔安东看看那面国旗，然后把目光锁到了弗雷德里克身上。

“祖国！”他挖苦道，“你真为了那点可悲的物欲享受把祖国出卖了？”他摇摇头，“多亏你不会作为将军代表我们国家出战。”

弗雷德里克眼眶里已经溢满了泪水。

“还有礼拜毯呢，胡赛因？你不再相信真主阿拉了吗？”皮埃尔安东直勾勾地盯着胡赛因，后者垂着头不讲话，“信仰值多少钱呢？”

皮埃尔安东一个一个往下说，指着那堆物品里的东西点名道姓，我们一个一个觉得自己越来越渺小。

“还有你呢，简-约翰，既然你都高价把你的食指卖出去了，为什么不干脆把整只手剁了呢？还有苏菲，你都把你自己给卖了，你还有什么？”

我们没有回答他。

就站在那儿，盯着地上的木屑，不敢抬头看皮埃尔安东或者其他任何人。

“如果这些真有意义的话，那你们估计不会卖的吧？”皮埃尔安东指指那堆有意义的东西，结束了他的长篇大论。

皮埃尔安东赢了。

然后他却犯了一个错误。

他转过身背对着我们。

第24章

苏菲是第一个扑过去的。如果我们其他人都站着不动的话，皮埃尔安东会很轻松就把她甩下来的。可是我们没有。先是简-约翰跟了上去，然后是胡赛因，然后是弗雷德里克，然后是爱丽丝，然后是格尔达、安娜-李、虔诚的凯、欧乐和高个儿汉斯，然后几乎都没有地方给其他突然想踹皮埃尔安东的人了。

我不知道，那算不算糟糕。

现在回想起来的话，那应该是很糟糕的。不过当时却不是这个样子。更多的是场面很混乱。而且很不错。殴打皮埃尔安东很有意义。踢他很有意义。即使他已经躺在地上无力反抗，而且也已经停止了反抗，还是很有意义。

他拿走了我们那堆有意义的东西，就像是之前已经拿走了我们的意义一样。一切都是他的错。简-约翰丢了他的右手食指，灰姑娘死掉了，凯珐污了他的耶稣，苏菲失去了贞操，胡赛因没有了信仰，这一切都是。

我们丧失了对生活、对未来的兴趣，这也是他的错。

我们只知道那是皮埃尔安东的错。他要为此付出代价。

我不知道，当我们离开锯木厂时，皮埃尔安东的情况怎么样。

我知道他当时的样子，虽然我没有对警察说。

他躺在那儿，姿势扭曲，非常诡异：脖子往后仰着，脸色发紫而且浮肿。嘴角鼻子里还在往外流血，手背上也都是血红色，他还想要用手反抗的。他闭着眼睛，左眼被打得淤肿无比，眉骨也已经撕裂开来。右腿感觉已经脱了节，右胳膊肘也拐到了里面。

我们离开的时候，非常安静。我们没有道别，既没有互相道别，也没有跟皮埃尔安东道别。

当天夜里那座废弃的锯木厂被一场大火夷为平地。

第25章

那座废弃的锯木厂燃烧了整整一晚上，直到清晨还有一点火苗。

然后就结束了。

我是临近中午才到的，其他大部分人已经到了，我们相互打招呼，但是不讲话。

我观察了一下还剩下了什么：冒着黑烟的火灾现场。

再也看不出锯木厂之前的样子，以及那堆有意义的东西之前的样子。除了那光秃秃的黑灰色的墙基，一切都已经化为了灰烬。

慢慢其他人也来了，最后班里同学都到齐了。没有人讲话。不对父母，不对警察，不对报社，不对纽约那家博物馆的工作人员。其他世界各地的媒体一个都没有出现：不过即便是他们过来，我也知道我们同样不会对他们讲任何事情。

我们也没有追问皮埃尔安东的情况。过了一段时间，才有人把他的失踪跟锯木厂的大火联系起来。这也是因为傍晚有人在火灾现场发现了他已经炭化了的遗体。就在原来那堆有意义的物品的附近。

警方表示有可能是皮埃尔安东把那堆有意义的物品引燃了，因为他不能接受我们找到了那份意义而且因此成了名。我们没有反驳。只是他自己也陷入了火灾里，让人觉得有些惋惜。

我们一起去参加了他的葬礼。

我们中有几个人甚至哭了。

是真心的，我想，而且我应该是对的，因为我也是这几个人中的一个。我们没有得到博物馆的付款，因为没有人想到要去为那堆有意义的东西买保险。不过我们不是为这个哭。我们哭是因为感到那么悲伤：坟墓前的鲜花有我们班献上的白玫瑰，那平滑没有裂纹的棺材是那么漂亮，那么小巧，虽然它至少有小埃米尔棺材的两倍大；是因为皮埃尔安东父亲的眼镜片后面闪烁着泪光；是因为葬礼上的音乐沁入到我们身体里，蔓延开来，永远留在那里。还有我们在歌颂的上帝，不管我们信不信主，或者信不信其他人，或者什么都不信。

我们哭是因为我们丧失了某些东西却也获得了另外一些。因为丧失与获得，两者都很痛。还因为我们知道我们丧失了什么，却还不是很清楚，怎样为我们获得的东西命名。

当皮埃尔安东洁白无瑕的棺材被埋葬之后，当我们在泰艾瑞街25号吃了丧餐之后，当我们的老师艾斯基德森、皮埃尔安东的父亲，以及其他我们不认识，估计是皮埃尔安东亲戚的人讲了一大堆与我们认识的皮埃尔安东不符的美好事迹之后，我们去了被烧毁的锯木厂。

一种不确定的感觉告诉我们，如果我们一帮人在那天一起涌向锯木厂的话，会让人觉得不太合适。所以我们数月以来第一次又三人一组分四路去了锯木厂。

火灾现场已经不再冒烟了。

所有的小火苗都已经被扑灭了，只剩灰烬和被烧得光秃秃的墙基残余在那儿，冷冰冰的，白色灰色黑色。之前那堆有意义的东西所在的地方，显得灰层稍微厚些，但只是感觉而已。到处横亘着从屋顶上坠下来的石块以及悬木。我们开始轮流清理现场。这项工作很脏而且很累，我们很快就都黑乎乎的了，甚至连穿在里面的衣服也是。

我们尽可能不讲话。如果需要某人帮忙抬一下木桩或石块的另一端，就用手指指。

从附近的垃圾桶里我们捡来了空瓶子、塑料杯子还有火柴盒子，所有可以盛东西的器具，苏菲跑回家把她能找到的全部都拿过来了，这样每个人就都有一个容器了。

我们只能用手去挖那些灰。

把所有的容器都仔细用那些灰色的东西填满，那些我们的意义所遗留下来的东西。

好好保存这些，对我们而言非常重要，因为即便现在皮埃尔安东不再坐在泰艾瑞街 25 号的那棵李子树上朝我们喊，每次经过的时候，我们还是会感觉他依然在上面一样。

“如果说死亡如此容易，那是因为死亡没有意义，”他喊，“如果死亡没有意义的话，那是因为生命本来就没有意义。及时行乐吧！”

第26章

在那个夏天我们分散到北边、南边、东边以及西边不同的高年级学校里去了，苏菲去了一个地方，在那儿的人都得像她一样自己防御自己。

我们不再一块儿玩耍，也不再碰头，除非在街上偶然遇到，这当然是避免不了的。没有人想要举办类似班级周年庆之类的聚会，如果说会有某个老师想到这个点子的话，我也怀疑，根本就不会有人响应。

八年过去了。

我还一直保存着那个火柴盒，里面装着锯木厂以及那堆有意义的物品的灰烬。

时不时我也会拿出来看看。每当我小心翼翼地打开那个已经快坏掉的纸盒子，看到那些灰色的灰烬时，心里总会涌起一种异样的感觉。即使我不能解释那是什么，我却清楚地知道，那是某些有意义的东西。

而且我也知道，是不能拿意义这件事开玩笑的。

不是吗？皮埃尔安东？不是吗？